源氏物語散策

文学史・歌舞伎・人物・谷崎源氏

田坂憲二

IZUMI BOOKS
22

和泉書院

目次

第二編　逍遙編

はじめに

本書は、近時の『源氏物語』に関する稿者の文章で、これまでの単行書に未収録であったものを集めたものである。基本的にすべての文章に手を入れ、大幅に補筆したものも多い。巻末に参考のために初出一覧を付したが、本書を以て定本としたい。

全体を、「論考編」「逍遙編」に分けたのは、前半が学会誌や論文集に寄稿した専門的色彩のやや濃いもの、日本文学研究者を主たる読者として考えている。後半は、もっと幅広く、文学に興味を持ってくれる人々を意識して書いたもので、あえて近代文学や英米文学などに言及した部分もある。稿者は、これまで『源氏物語』の研究書（いわゆる論文集）を四冊おおやけにしたが、本書は、古代日本文学の専門家に加えて、小中高校で国語教育に携わっている先生方や、日本文学に興味を持っている多くの方々に読んでもらいたいという思いでまとめたものである。研究書として一般的なA５判ではなく、親しみやすい四六判にしたのもそのためである。

一書としてまとめるに際して、引用本文や年表記の統一を行った。『源氏物語』等の本文は、小学館の『新編日本古典文学全集』に拠り頁数を示し、必要に応じて漢字・平仮名などの表記を私に改めた。個人的には、新潮社の『日本古典集成』の穏当な注解に心惹かれ、それを使用することが多かっ

2　たが、ネットアドバンスのジャパンナレッジなどを介して、もっとも広く引用されている状況に鑑みたものである。年表記は、西暦を原則としたが、元号と併記する場合は、寛弘五（一〇〇八）年の形とした。

第一編　論考編

第一章　『源氏物語』の内なる平安文学史

はじめに

本稿は、雑誌『国語と国文学』の特集「平安朝文学史の再構築」のために書かれたものである。個別の作家や作品や特定のジャンルを、最新の研究状況を踏まえて掘り下げる、同時にその周辺に目配りをする、これらの研究が排列されることによって、自ずから平安朝文学史が再構築されるということが特集の趣旨であろう。この方法が、王道ともいうべき正攻法のものであることは、『国語と国文学』誌が一定の間隔を置いて「文学史」を視野に収めた特集を組んでいるという事からも明らかである。こと平安朝（中古）に限っても、昭和後期の「中古文学史の諸問題」一九七七年十一月号、平成期の「平安朝文学史の構想」二〇〇一年一月号があり、隣接する中世文学においては、「中世文学史への回路」一九八八年五月号、「中世文学史の現在」一九九二年五月号などの特集がある。

中古・中世において「文学史」を冠する特集が際立つのは、他の時代以上に文学史という視点が有効であるという共通認識があることによるだろう。つまりこれらの時代の文学作品では、物語・詩歌・説話集・漢籍等のジャンルを超えて総合的な視点から論じることが必要であり、また個別の作品を座標軸に定めて前後の作品を見ることも重要であることを示しているのではなかろうか。したがって、こうした企画の規模を一層拡大して、秋山虔編『王朝文学史』（東京大学出版会、一九八四年）、鈴木日出男編『ことばが拓く古代文学史』（笠間書院、一九九九年）、秋山虔編『平安文学史論考』（武蔵野書院、二〇〇九年）などが企画・刊行されたのも自然の流れであるといえよう。

こうした方法が有効であることを認識した上で、あえて逆の発想を提示することに本稿の意図がある。如上の方法は、いわば個体の研究の充実が系統の研究の深化につながるというものである。しかし、発生反復説を持ち出すまでもなく、個体を究明する研究の中に、自ずから系統の研究と通底するものがあるわけであるから、文学史上の個別の作品の研究が、文学史研究そのものを内包するという視点を提示することもできるのではなかろうか。本稿はそうした思いで書かれたものである。

一　内なる文学史という視点

平安時代のすべての作品に有効というわけではないが、量的に記述分量の多い作品、質的に振幅の広い作品においては、その作品自体の中に、時代を共有する同一ジャンルの他作品に通底するもの、さらにはジャンルを超えた作品と共鳴するものを内包していると思われる。

物理的な記述分量や質的多様性を備える作品とは具体的には何か。それは、平安朝の人々の生活と共にあった四季の移ろい、出産・誕生・恋愛・離別・死別といった人生の節目をすべて和歌の形で包含している『古今和歌集』（に代表される多くの勅撰和歌集、更に言えば『和漢朗詠集』などのアンソロジー）、宮廷生活の具体的記録や日常の風物に喚起される心情、動物・植物・風景・自然物・造形物などのあらゆるものに異常なまでの興味を示し記しとどめた『枕草子』、通時的な叙述を一定程度担保しながら、美醜善悪、千差万別の人間像を、多種多様な説話を通して眼前にあるが如く再現して見せた『大鏡』（通時性と説話性の比重を入れ替えれば『栄花物語』も同様）、そして質的・量的に平安時代最大の文学作品である『源氏物語』である。

これらの作品によって「『古今和歌集』の内なる平安文学史」「『枕草子』の内なる平安文学史」「『大鏡』の内なる平安文学史」などを考えてみる必要があるのではないか。なかでも『源氏物語』は、作品の広さと深さという点において、壮大なる文学史をその内部に抱え込んでいるのではないかということが思念される。「『源氏物語』の内なる平安文学史」こそ、まず最初に模索すべきものではないだろうか。

実は、『源氏物語』を切り口に、広く同時代作品に（時には後代の作品にも）目配りをした、一種の文学史的視点を内在させた先人の仕事が存在するのである。それは、島津久基の『対訳源氏物語講話』である。同書には、戦前の中興館版、戦後の矢島書房版などあるが、名著普及会が秋山虔の解題、島津久代と矢島進のあとがきを付し一九八三年に復刻版を刊行したものがもっとも利用しやすい(1)。この『対訳源氏物語講話』は、いうまでもなく未完に終わった（葵巻までと、賢木巻の一部）ものの、島津畢生の注釈書であるが、その最大の特徴は、紙幅に制限されることなく縦横無尽に筆を振るう「釈評」の部分である。

いま一例として葵巻の車争いの箇所を見てみよう。約五頁分の本文と口訳、三頁分の語義に対して、釈評が一三頁である。そしてその釈評では、『栄花物語』初花巻の寛弘二年四月の祭の使の場面、『うつほ物語』国譲下巻の東宮とあて宮の行列の物見の場面、『落窪物語』巻二の葵祭の車争いの場面、『枕草子』「よろづのことよりも」の段の物見車の雑踏の様子、『貞信公記抄』延長四年の斎院御禊当日の乱闘事件などを取り上げて、考究しているのである。島津は考察を進める過程で、作品の「素材」という点に次第に収斂させていくが、(2)この方法自体は、昭和前期という時代の限界であって、強く難ずるには当たらない。注目すべきは、御禊の物見、車争いを起点とした平安文学素描になっている点である。島津はこれに幅広く物見や御禊の用例を補っており、『古今和歌集』『伊勢物語』『大和物語』『蜻蛉日記』『讃岐典侍日記』『大鏡』『今昔物語集』等々、『源氏物語』以前以後の物語・日記・歴史物語・説話集等多様なジャンルの作品に言及するから、葵巻車争いの場面に内包された平安文学史と呼ぶことができるのではないかと思われる。実際島津自身、例言で「文学史・文化史の側からの考察をも試み」と述べており、方法論的にも自覚的であったと思われる。『源氏物語』の各場面を通して『文学史』につないでいく、この方法を、『源氏物語』全体に及ぼしてゆけば、「『源氏物語』の内なる平安文学史」を構築することができるのではないだろうか。

二　文学史を内在させる『源氏物語』総論

「文学史」という言葉が個々の「文学」の部分的把握ではなく全体的把握を志向するものであれば、文学史を内在させる『源氏物語』の把握のためには、『源氏物語』そのものの総合的把握が不可欠である。すなわち「『源氏物語』の内なる平安文学史」という視点を確立するためには、平安文学全体に視野を広げると同時に、『源氏物語』という作品自体にも広範な、系統立てた目配りが必要となってくるのである。

『源氏物語』の全体像を把握するためには原文に就くにしくはないが、長大な作品故、概観する試みが早くからなされてきた。最古の注釈書である藤原（世尊寺）伊行の『源氏釈』は注釈書の要素、概観するための梗概書の要素、作品の和歌集成の要素、以上の三つが渾然一体となったものであった(3)。また仮題「源氏古鏡」を嚆矢として『源氏大鏡』以下の様々な形の梗概書も後続している。現代においても、硬軟様々な入門書が、本文と、梗概を説明する解説文の組合せで、『源氏物語』の世界を提示しようとしている。

そうした試みの最近のものとして、藤原克己監修・今井上編『はじめて読む源氏物語』（花鳥社、二〇二〇年）がある。正編、いわゆる第一部・第二部の、光源氏の生涯に限定したものであるが、間口が広く、奥行きの深い、良質の入門書となっている。この書物の構成は一つのヒントになるであろう。『源氏物語』の全体像把握として、五十四帖全体を視点に収めるやり方以外に、宇治十帖を中心とした第三部を切り離し、光源氏の物語という提示の方法である。

『源氏物語』を第二部までまとめてみるということは、そこで光源氏という個人の生涯を追う記述が終わるということ以外に、長編物語の首尾の照応という点でも意味がある。すなわち、桐壺帝と更衣が幽冥境を異にした悲しみを『長恨歌』を背景に語るのが首巻桐壺であるが、第二部末尾の幻という巻名は、楊貴妃の魂を尋ねる幻術士を響かせたもので、巧みに照応関係が構築されている。

一方、首巻桐壺は主人公光源氏の誕生と成長を語る巻でもあり、その過程で提示される「国の親となりて、帝王の上なき位にのぼるべき」と「朝廷のかためとなりて、天の下を輔くる」と相矛盾する高麗の相人の予言を、見事に止揚してみせたのが、藤裏葉巻の「太上天皇になずらふ御位」である。したがって首尾の照応はここでもなされており、長編物語として理解する上で、第一部だけを切り取って味わうというのも至極当然の方法である。たとえば、〈国語と文学の教室〉という叢書の一冊として書かれた風巻景次郎『源氏物語』（福村書店、一九六二年）は「分量でいえばちょうど半分」の第一部で「一段落ついたようで、筋としてよくまとまっている」として、第一部のあらすじを中心にこの作品の内容を紹介している。こうした提示の仕方も意味があるだろう(4)。

第一部でまとめるにせよ、第二部まで含めるにせよ、夢浮橋の大尾までを視野に収めるにせよ、原文と梗概・解説を組み合わせながら、『源氏物語』の全体像を提示する。そして、その過程で、個々の場面に関連のある平安時代の文学作品に言及していくという方法が、文学史を内在させる『源氏物語』像を把握する最も一般的な形ではないかと思われる。

この方式による稿者の提案は第四節で述べるが、それに先立ち、具体的に『源氏物語』と文学史をどう交錯させるかを、各論の形で示してみたい。

三　文学史を内在させる『源氏物語』各論

『源氏物語』の本文や内容と関連のある平安時代の文学作品をどのように規定するか、本節では各論として、具体的な定義づけを行っていきたい。

①　作品名が引用される場合

『源氏物語』の本文中に、作品名が引用される場合は、先行する文学作品に言及するパターンがもっともわかりやすい。具体的には以下のような例が挙げられる。

『唐守物語』（蓬生巻）『藐故射の刀自物語』（蓬生巻）『竹取物語』（絵合巻、蓬生巻）
『伊勢物語』（絵合巻）『正三位物語』（絵合巻）『うつほ物語』（絵合巻、蛍巻）
『住吉物語』（蛍巻）『くまのの物語』（蛍巻）『古今和歌集』（梅枝巻）

作品名は「竹取」「正三位」「唐守」「藐故射の刀自」などの形で引用される場合が多く、「かぐや姫（の物語）」「住吉の姫君」「在五が物語」など登場人物名で示されることもある。

蛍巻で、光源氏と紫の上との間で物語の功罪について語られる場面の、紫の上の言葉「心浅げなる人まねどもは、見るにもかたはらいたくこそ。うつほの藤原の君のむすめこそ、いと重りかにはかばかしき人にて、過ちなかめれど、すくよかに言ひ出でたる、しわざも女しきところなかめるぞ、一やうなめる」（二二五頁）などは、玉鬘求婚譚と『うつほ物語』のあて宮求婚譚を関連させて論じるのに格好の入口となろう。また、蓬生巻で描かれる末摘花の日常「親のもてかしづきたまひし御心おきてのままに、世の中をつつましきものに思して、まれにも言通ひたまふべき御あたりをもさらに馴れたまはず、古りにたる御厨子あけて、唐守、藐故射の刀自、かぐや姫の物語の絵に描きたるをぞ時々のまさぐりものにしたまふ」（三三二頁）の場面から、散逸物語論に進むこともできよう。

②　歌人名などが引用される場合

作品名に準ずるものとして、作品の作者（ほとんどの場合は歌人）の名前が本文中で言及される場合がある。桐壺更衣が逝去した後、悲しみに暮れる桐壺帝の日常は「このごろ、明け暮れ御覧ずる長恨歌の御絵、亭子院の描かせたまひて、伊勢、貫之に詠ませたまへる、大和言の葉をも、唐土の詩をも、ただその筋をぞ枕言にせさせたまふ」（三三頁）と記されている。『古今和歌集』の撰者紀貫之と、女流歌人では同集に最も多くの歌を採られている伊勢の名前が併記されている。『源氏物語』から『古今和歌集』へと展開するのには格好の場面である。屏風歌歌人という側面に注目すれば、紀貫之と伊勢はこの分野でも平安時代を代表する歌人であるから、屏風絵・屏風歌などに展開することも可能である。貫之と伊勢は総角巻でも並記されている。

『古今和歌集』の撰者では凡河内躬恒の名前も見ることができる。松風巻の桂の院の場面で「中に生ひたる、とうち誦じたまふついでに、かの淡路島を思し出でて、躬恒が、所がらか、とおぼめきけむことなどのたまひ出でたるに、ものあはれなる酔泣きどももあるべし」(四二〇頁)の場面では、多くの注釈書は勅撰集から引用することを主眼として『新古今和歌集』巻十六、雑上、一五一五番を掲出するが、『源氏物語』成立以前の作品ということで、『古今和歌六帖』などに言及することもできる。また『躬恒集』は諸本の形態的相違にも特徴があるから、諸本論をにらんだ私家集の問題に分け入ってゆくこともできよう。

③　引歌が存在する場合

『源氏物語』における先行文学の引用で、質量ともに最も豊かなものは、言うまでもなく引歌である。従って『源氏物語』の注釈はまず引歌の究明から始まった。注釈書の嚆矢たる伊行『源氏釈』、その後を襲った定家『奥入』を見れば、この物語の引歌の重要性は明らかである。作品名は明示されなくとも『古今和歌集』『後撰和歌集』『古今和歌六帖』などから多くの和歌が引用されている。これらの作品につなぐ以外に、個々の歌の作者を論じることもできる。ただその歌人の数は、小町・業平・遍昭・素性・貫之・友則・躬恒・忠岑・忠見・伊勢・中務・頼基・能宣・兼盛・元輔・順など際限がないほどである。②との重複を避ける意味でも、文学史的に意義のある単位にまとめることを考えると良いであろう。六歌仙、古今撰者、梨壺の五人という捉え方や、遍昭と素性、忠岑と忠見、伊勢と中務など親子や累代の歌人というまとめ方なども面白かろう。

『源氏物語』の内なる文学史ならば、この物語の作者の周辺を探ることとは、より一層大きな意味がある。『源氏物語』の中で最も多く使用されている引歌「人の親の心は闇にあらねども子を思ふ道にまどひぬるかな」(5)の作者で、紫式部の曽祖父堤中納言兼輔を論じることはすぐに想定出来るものである。兼輔以外にも、父の為時や、『為頼集』という魅力的な家集を残している伯父の為頼なども、内なる文学史を考える上で重要な存在である。

ここでは、鈴虫巻、中秋十五夜六条院の宴の場面を取り上げてみる。光源氏は、亡き柏木を思って、「月見る宵の、いつとてもものあはれならぬをりはなき中に、今宵の新たなる月の色には、げになほわが世の外までこそよろづ思ひ流さるれ。故権大納言、何のをりをりにも、亡きにつけていとど偲ばるること多く、公私、もののをりふしのにほひ失せたる心地こそすれ。花鳥の色にも音にも思ひわきまへ、言ふかひある方のいとうるさかりしものを」（三八三頁）と述べている。この短い場面に、「いつとても月見ぬ秋はなきものをわきて今夜のめづらしきかな」（後撰和歌集、巻六、秋中、三二五番）と「花鳥の色をも音をもいたづらに物うかる身はすぐすのみなり」（巻四、夏、二一二番）という二首の引歌が潜められているのであるが、作者はともに藤原雅正。兼輔の子で紫式部には祖父にあたる。兼輔や為時に比べれば論じられることは少ないが、このあたりに集中して雅正の歌を引用している紫式部の意識を考えれば、やはり重要な要素であると思われる。

④　影響歌が存在する場合

『源氏物語』と他の平安時代文学との関係は、『源氏物語』が引用するだけではなく、逆に『源氏物語』が引用される場合もある。引歌の正反対に位置する「源氏取り」とか「影響歌」と呼ばれるものがそれである。『弘安源氏論議』に「此物語……世にもてなすことはすべらぎのかしこき御代にはやすくやわらげる時よりひろまり」とあるように、堀河天皇の康和年間には『源氏物語』が特に賞翫され、堀河歌壇と『源氏物語』との関係については、早くに寺本直彦が注目したところである。(6) 以降、時代が下るとともに膨大な「源氏取り」の和歌が作成されるようになるが、平安文学との関連ということであれば、和歌が作られた時点は平安時代に限定することがのぞましい。藤原俊成や定家と『源氏物語』との関係は、文学史上極めて重要であるから、『新古今和歌集』の時代までは含めても良いかもしれない。

引歌と影響歌は、いわば表裏一体の関係にあるから、一度に論じることができるような場面があれば、優先的に取り上げるべきである。

入りもてゆくままに霧りふたがりて、道も見えぬ繁き野中を分けたまふに、いと荒ましき風の競ひに、ほろほろと落ち乱るる木の葉の露の散りかかるもいと冷やかに、人やりならずいたく濡れたまひぬ。かかる歩きなども、をさをさならひたまはぬ心地に、心細くをかしく思されけり。

山おろしにたへぬ木の葉の露よりもあやなくもろきわが涙かな

山がつのおどろくもうるさしとて、随身の音もせさせたまはず、柴の籬を分けつつ、そこはかとなき水の流れどもを踏みしだく駒の足音も、なほ忍びてと用意したまへるに、隠れなき御匂ひぞ、風に従ひて、主知らぬ香とおどろく寝覚めの家々ありける。（橋姫一三六頁）

右は、橋姫巻で、薫がはじめて宇治の姉妹の合奏を聴く場面の導入部で、この巻で最もよく知られた箇所である。国宝『源氏物語絵巻』にも薫が垣間見をする図が描かれているし、後代の読者にとっても印象深い場面であろう。したがって藤原俊成は「嵐ふく峰のもみぢの日にそへてもろく成りゆくわが涙かな」と薫の歌と呼応するような歌を詠んでいる。『長秋詠藻』によれば、詠作時期は保延五、六（一一三九、四〇）年頃である。一方、引用文の最後の「主知らぬ香」は、『古今和歌集』巻四、秋上、二四一番の「主知らぬ香こそにほへれ秋の野に誰がぬぎかけしふぢばかまぞも」の、人口に膾炙した素性の歌である。素性→『源氏物語』→俊成、という引歌から影響歌への文学史の流れを象徴する場面である。一方、寺本直彦は前掲書で同時代の赤染衛門の和歌と『源氏物語』が相互に影響を与え合っている可能性を示唆しているから、そのような例を見る必要もあろう。

⑤　先行作品の場面や話型が関連する場合

この型は、第一節で掲出した『対訳源氏物語講話』が、葵巻の車争いの場面で引用する『落窪物語』の例を代表的なものとしてあげることができる。『講話』は『落窪物語』で継母北の方や典薬助が葵祭当日一条大路で散々痛めつけられる場面と葵巻との間に「構想上・用語上共に」「直接の干渉あるべきことは容易に推断」できるとし、この事件の三年前に懐妊中の落窪の姫君が道頼の母に誘われて見物するのは、葵の上が大宮に勧められて見物に出かけることとも関連があり、前者を「脱化したものと認めてよい」とのべる。こうした場面の共通性などは、文学作品同士の関係性を考える最もわかりやすい形である。

たとえば、匂宮巻で夕霧が、六条院の丑寅の町に落葉宮を住まわせて、摂政太政大臣・大宮夫妻から伝領した三条邸の雲居雁の所と「夜ごとに十五日づつ、うるはしう通ひ住みたまひける」と記されている場面は、『うつほ物語』楼の上上巻で、右大臣兼正が俊蔭女のところにばかりいるので、仲忠が「こなたに十日、宮の御方に十日、今十日を三ところにおはしまさせむ」と提案したり、俊蔭女も「左のおとどは、宮、大殿、いとうるはしうこそ、十五夜づつおはしつつ」など述べていることの影響下にあると言っていいだろう。「うるはしう」「十五夜づつ」などという形式重視とも受け取れる表現であるだけに、両者は緊密な関係にあるといえよう。

話型の場合はもっと明確に共通性を指摘することができる。たとえば、式部卿宮（藤壺兄）の大北の方と紫の上の関係は、典型的な継母・継子譚である。光源氏の須磨流謫の時、鬚黒が式部卿宮の大君を離別する時、若菜上巻で女三宮が降嫁した時、節目節目の場面に登場して、紫の上のことを憎々しげに語る大北の方の姿は、『落窪物語』に代表される継子虐めの物語の一つの典型例と言うことができる。継子虐めの文学史は『源氏物語』の主題の中心に見出すことができるのである。

また、薫と匂宮との間で揺れる浮舟の物語の背景に『大和物語』の生田川伝説などを見ることの重要性も早くから気づかれている。場面性、表現、話型などは、『源氏物語』という一つの作品の中に、先行する文学作品、同時代の文学作品との多様なつながりを見ることができるものである。

⑥『源氏物語』の場面や表現の影響の場合

前項の正反対の例として、『源氏物語』の場面や表現が、以降の文学作品に影響を与える場合がある。これもまた、「源氏取り」などと呼ばれるもので、いわば和歌の引歌と影響歌の関係が、場面・話型・表現の上に顕現したものである。

再び『対訳源氏物語講話』の例で示せば、『狭衣物語』巻三の「斎院御禊の日の物見の条は本段（稿者注、葵巻の車争いの段）から出てゐること明らかである」としている。

平安後期の物語は『源氏物語』の構想や場面を踏まえているものが多いのであるが、中でも『狭衣物語』はその宝庫で、たとえば次のような例は、単純な「源氏取り」を超えた面白さがある。

いかなることをして、このことなだらかにて、思ひ止めさせたてまつらんと、まめやかに思し嘆くしるしにや、宰相中将、いかでか見きこえさせけん、いとなつかしげなる御容貌を見けるより、思ひつきて、ほのめかしたまひけり。上も聞きたまひながら、かく思し立ちぬるも、ねたかりければ、帝も大殿もかく承け引きたまはぬけしきを見れば、後の罪も敢へなんとや思ふらん、明後日ばかりになりて、寝たまへる所に入り臥しにけり。

ただ児のやうにておはするも、さま変りて、なかなかうつくしうおぼゆるに、ねたうおぼゆ。今宵、我忍び過ぐさん、苦しかりぬべきを、いかにせましと思ひなりぬるけはひやしるかりけむ、近く臥したる母代おどろき合ひて、聞きつけてけり。「いなや、ここに男のけはひこそすれ。いで、そら耳か、まこと耳か。今日明日、帝の君の愛しうつくしみたまふ我が仏を、いかなる痴者の奴の、いかにしつるや」と言ひて、灯も消えにければ探り寄りたるに、さればこそといと高らかにうちあざ笑ひて、「人々紙燭さして寄りたまへ。ここにいとあさましき盗人の奴の入りたるぞ」と高う言ふに、寝たる人々も、おどろき、騒ぎぬ。（巻三、六七頁）

右は、『狭衣物語』巻三で、宰相中将が今姫君の元に忍び込む場面である。宰相中将が今姫君に思いを寄せているのを知りながら、それを無視する形で入内の計画が進むのは、柏木の女三宮への思慕と、光源氏への降嫁が決定した過程と照応する。ただ、この場面の母代の行動や言葉遣いに顕著に表れているように、今姫君自身と周辺の人々は一貫して滑稽に描き出されており、パロディに近い形で再生されていると言ってよいであろう。それでも、「ただ児のやうにておはするも、さま変りて、なかなかうつくしうおぼゆる」という表現などは、女三宮を連想させる書き方であることは一目瞭然である。

⑤と⑥は、場面や話型や表現における『源氏物語』と先後の文学作品の関係であるから、和歌における引歌と影響歌の関係と同じものである。

⑦　その他様々な関係

以上のどれにも属さないものをその他として一括する。たとえば『更級日記』の作者が「源氏の五十余巻、櫃に入りながら……得て帰るここちのうれしさぞいみじきや……一の巻よりして、人も交じらず几帳の内にうち臥して、引き出でつつ見るここち、后の位も何にかはせむ。昼は日ぐらし、夜は目の覚めたる限り、灯を近くともして、これを見るよりほかのことなければ」と語る部分は、叙上のどの型にも嵌めることはできないが、『源氏物語』と文学史との関係を考える上で必ず取り上げるべき部分である。

また、蜻蛉巻冒頭で「かしこには、人々、おはせぬを求め騒げどかひなし。物語の姫君の人に盗まれたらむ朝のやうなれば、くはしくも言ひ続けず」とある部分、「物語の姫君」は当然『源氏物語』以前の物語で、読者も知識を共有できる作品を前提に書かれているのであるが、『弄花抄』や『細流抄』が指摘するように、後期物語の『浜松中納言物語』の記述などとの関係は極めて興味深いものである。藤原定家が御物本『更級日記』の奥書に「夜半の寝覚、御津の浜松（中略）などは、この日記の人の作られたるとぞ」と記していることと関連させて取り上げて論じることもできよう。

四　文学史を内在させる『源氏物語』試案

以上の総論・各論の実践例として、稿者は『源氏物語』と平安時代文学を同時に学ぶことを目的としたテキストをかつて試作してみた。以下にその概要を掲げる。

1　桐壺巻（光源氏の誕生）と『更級日記』　⑦
2　帚木巻（雨夜の品定め）と『落窪物語』　①
3　夕顔巻（某院の怪）と『江談抄』『宇治拾遺物語』　⑤
4　若紫巻（北山での出会い）と『紫式部日記』　⑦
5　末摘花巻（紅鼻の戯れ）と『古本説話集』　②
6　紅葉賀巻（青海波の舞）と『建礼門院右京大夫集』　⑥
7　花宴巻（朧月夜との邂逅）と『六百番歌合』　④
8　葵巻（車争いとその背景）と『蜻蛉日記』　⑤
9　賢木巻（窮地に立つ光源氏）と『枕草子』　⑦
10　須磨巻（京を去る光源氏）と『栄花物語』　⑥
11　明石巻（音楽の伝承）と『うつほ物語』　⑤
12　澪標巻（冷泉朝創始）と『源順集』『本朝文粋』　⑦
13　絵合巻（中宮御前の絵合）と『竹取物語』　①
14　薄雲巻（藤壺の崩御）と『今昔物語集』　③
15　少女巻（秋好立后とその余波）と『伊勢物語』　⑦

16　玉鬘巻（筑紫からの脱出）と『土佐日記』　⑦
17　胡蝶巻（春秋争いのみやび）と『狭衣物語』　⑥
18　真木柱巻（鬚黒大将と北の方）と『大鏡』　⑤
19　梅枝巻（草子くらべ）と『古今和歌集』　①
20　藤裏葉巻（光源氏の栄華）と『夜の寝覚』　⑥

これは、慶應義塾大学通信教育部のテキストとして作成したものである。(7) 単位数、頁数の関係から、全二十項目で、『源氏物語』第一部に限定している。

全体の組み立ては以下のようなものである。第一部三十三の巻から、物語の流れを理解するために不可欠な二十の巻を選ぶ。その二十巻の中でも特に重要であると思われる箇所の原文を掲出する。原文の掲出に続けて、「物語の流れ」という解説項目を設けて、掲出場面の解説を中心に、当該箇所の意義、物語の前後の説明、作品構造の把握などについて説明する。原文と解説項目の組み合わせで、『源氏物語』の作品世界（ここでは第一部の部分）の全体像を把握するようにする。

次に、『源氏物語』の原文の引用箇所と関わりのある文学作品を一つ（時に複数）選んで関連のある本文を提示する。夕顔巻の例で言えば『江談抄』『宇治拾遺物語』の河原院に源融の霊が出現する説話、葵巻の例で言えば『蜻蛉日記』康保三年の葵祭の日に道綱母と時姫が一条大路を挟んで相対峙した場面、須磨巻の例で言えば『栄花物語』浦々の別れの巻で配流される伊周が「かの光源氏もかくやありけむと見たてまつる」と記されている場面、などを引用する。ついで、『江談抄』『宇治拾遺物語』や『蜻蛉日記』や『栄花物語』に関する基本的な情報と、『源氏物語』との関係などについて、文学史の流れという視点から略記する。掲出した例の中では、若紫巻と『紫式部日記』、末摘花巻と『古本説話集』、明石巻と『うつほ物語』、絵合巻と『竹取物語』、胡蝶巻と『狭衣物語』等々は、『源氏物語』のそれぞれの場面との関連が分かりやすいものであろう。

これら以外で、多少説明を要するものを補足的に述べておく。帚木巻と『落窪物語』は、巻頭の「光源氏、名のみことことしう、言ひ消たれたまふ咎多かなるに……なよびかにをかしきことはなくて、交野の少将には、笑はれたまひけむかし」をきっかけに落窪の姫君のところに交野の少将の恋文が届けられる場面を並記して、背後にある『交野の少将物語』を視野に捉える。賢木巻と『枕草子』は、桐壺院崩御後の光源氏を取り巻く情勢の厳しさを示す除目の描写と、「すさまじきもの」の段「除目に司得ぬ人の家」の一節を並記して、受領層がいち早く保身に動く必然性を考えてみる。澪標巻の例は、梨壺にいる春宮（朱雀院皇子）を光源氏が後見するという表現に関連させて、梨壺で『後撰和歌集』が撰進された経緯を和漢の文献から述べる。少女巻と『伊勢物語』は、夕霧と雲居雁の筒井筒の恋を『伊勢物語』二十三段と並列してみたもの。玉鬘巻と『土佐日記』は、玉鬘の九州脱出・逃避行の部分と当時の海賊に対する恐怖感を『土佐日記』から引用する。真木柱巻と『大鏡』は、藤原朝光と今北の方をめぐる説話を鬚黒の話と重ねてみたものである。

このように当該書は、『源氏物語』の本文、『源氏物語』当該箇所とその前後の解説、関連する文学作品の本文、その作品の概説と『源氏物語』との関係の解説、の四点から、『源氏物語』の全体的把握と、文学史上必要な作品への展開を目論んだものである。文学史側の作品は、『竹取物語』『落窪物語』『うつほ物語』『狭衣物語』『夜の寝覚』とやや物語に偏した感はあろうが、日記（『蜻蛉日記』『紫式部日記』『更級日記』）歴史物語（『栄花物語』『大鏡』）説話集（『江談抄』『今昔物語集』『古本説話集』『宇治拾遺物語』）勅撰集（『古今和歌集』）私家集（『源順集』）漢詩文（『本朝文粋』）と一通りのジャンルは網羅している。説話集は多少成立が下っても当該説話が平安時代のものであれば含めている。安元二（一一七六）年の「法住寺殿の御賀」の場面を回想する『建礼門院右京大夫集』はともかくも、建久四（一一九三）年の『六百番歌合』の藤原俊成の発言は、平安時代文学に含めるには拡大解釈かもしれないが、「源氏見ざる歌詠みは遺恨のことなり」の名言は外すべきではなかろうと考え包含した。

猶、一覧表の末尾の丸囲み数字は三節の各論の中で最も関係が深い項目を示したものである。複数の項目と関連するものもあるが、最も関連の深い項目一つに代表させた。また、本節と重複しないように、『更級日記』の例を除いて、第三節では第二部・第三部の巻々の例と、第一部でも当該書では取り上げていない例で示しておいた。これらについては、当該書の続編を求める声に応じて編纂した『源氏物語と平安時代文学　第二部・第三部編』（和泉書院、二〇二一年）で取り上げたものもある。

おわりに

内なる文学史を構築するには、稿者一人の力では不足である。様々なジャンルや作品の研究者が、それぞれの立場から「『源氏物語』の内なる文学史」を提起することによって、一層深化していくものであろう。本特集の主題との関連から「『源氏物語』の内なる平安文学史」に限定した書き方になったが、中世文学・近世文学まで視野に収めた「『源氏物語』の内なる古典文学史」も可能であろう。

古典に限定する必要すらないかもしれない。四節で述べた少女巻の例は、樋口一葉『たけくらべ』も対峙すべき作品であろうし、常夏巻の冒頭の六条院の釣殿の描写は、『増鏡』おどろの下を介して、谷崎潤一郎『蘆刈』にまでつながっている。立原道造は『文芸懇話会』一巻九号に「花散る里」という作品を発表、小場春夫宛書簡で『源氏物語』に言及しているが、同時に花散里巻の本文を自身でも筆写している[8]。近代文学まで視野に収めた「『源氏物語』の内なる日本文学史」こそ本当に書かれるべきものかもしれない。『源氏物語』はそれだけの奥行きを持っている作品であると思われる。

本稿は『源氏物語』を起点としたが、同様に「『古今和歌集』の内なる文学史」や「『枕草子』の内なる文学史」を構築できる可能性があろう。そうすることによって、文学史研究及び『古今和歌集』『枕草子』研究に新たな側面を切り開くことになるのではないかと思っている。以上の問題を提起して、本稿を終えることとする。

注

（1）『対訳源氏物語講話』の詳細については、秋山虔「島津久基」（『昭和の源氏物語を作った人々一」

『源氏物語と紫式部　研究の軌跡・研究史篇』角川学芸出版、二〇〇八年）に詳しい。
（2）もちろん「素材」という興味だけではない。後述するように『源氏物語』の記述が影響を与えたものとして『狭衣物語』も掲出している。
（3）田坂憲二『源氏物語享受史論考』（風間書房、二〇〇九年）。池田和臣『源氏物語生々流転　論考と資料』「㉔注釈書・梗概書・和歌集その他の古筆資料」（武蔵野書院、二〇二〇年）。
（4）これも同様の書物だが木俣修『源氏物語』（少年少女のための国民文学②、福村書店、一九五六年）は実質的に第一部のみでまとめたダイジェストである。
（5）引歌の認定の仕方で使用回数は変わるが、鈴木日出男『源氏物語引歌綜覧』（風間書房、二〇一三年）では、二十五箇所である。同書によればこれに次ぐものが「世のうきめ見えぬ山路へいらむにはおもふ人こそほだしなりけれ」の八箇所、「さつきまつ花橘のかをかげば昔の人の袖のかぞする」の七箇所などであるから、他を圧倒する使用数であることは間違いない。
（6）『源氏物語受容史論考　続編』風間書房、一九八三年。
（7）『源氏物語と平安時代文学』慶應義塾大学出版会、二〇一七年初版、一九年改訂二版。
（8）立原道造作品の複刻を手がける麦書房から一九九一年に複製が刊行されている。本書逍遙編第二章参照。

第二章　歌舞伎から『源氏物語』を考える
―長編性と短編性―

はじめに

本稿は、二〇二〇年を起点に文学研究を考えるという趣旨の論集のために書かれたものである。この年は、日本国内においては学問・研究の自立性の危機が到来し、地球規模においては悪質感染症の問題が人類を襲った。こうした大きな出来事の影に隠れてしまいそうであるが、稿者の意識を離れなかったのは、二〇一一年の東日本大震災から足かけ十年になるということであった。東京電力が設置した原子力発電所の崩壊と、放射能汚染が与えた甚大な根深い被害の問題を筆頭に、未解決の問題が山積する中、早くも十年、いまだ十年という思いが強い。

二〇一一年の東日本大震災の時、新橋演舞場では北条秀司原作の『浮舟』が上演中であった。二〇二〇年には、戦後再開場したばかりの歌舞伎座で大人気を博した『源氏物語』で光君を演じた九代目市川海老蔵の孫の十一代目が、團十郎を襲名する興行が中止になった。歌舞伎の『源氏物語』も『浮舟』も、紫式部の執筆した『源氏物語』を素材にしたものであるが、その方向性はまったく異なる。

この相反する方向性こそ『源氏物語』を読み解く大きな鍵になると思われる。歌舞伎から『源氏物語』を考える、所以である。

一　二〇二〇年、歌舞伎界を取り巻く状況

二〇二〇年の悪質感染症の流行は、この国の社会に様々な深刻な影響を与えた。多くの観客が一堂に会する形の興行が中心の演劇も、公演休止を余儀なくされるなど大打撃を受けた。こと歌舞伎に絞っても、三月の公演以降は完全に休止状態となってしまった。

明治座は三月の花形歌舞伎で中村勘九郎の『一本刀土俵入』を掛ける予定であった。言うまでもなく、六代目菊五郎の芸を継承した十七代目勘三郎が当たり役としたもの。十八代目も勘九郎時代に手がけているが、この演目では十七代目の方に一日の長があった。十八代目の早世は斯界にとって打撃であったが、駒形茂兵衛でも父をしのぐ姿を見たかったものである。十七代目の孫、十八代目の子である現勘九郎はこれまで数回挑戦しているが、まだ若すぎるという印象を消すことができなかった。久しぶりの上演で期待していたのであるが、実見は叶わなかった。

それ以上に注目していた三月の演目は、国立劇場の『義経千本桜』の通し狂言であった。尾上菊之助が、碇知盛、いがみの権太、狐忠信の三役を兼ねる挑戦である。公演時間の関係もあろうか、一日の通しではなく、日ごとに渡海屋と鮓屋、渡海屋と法眼館とが組み合わせられる形であったが、稿者も年度末の慌ただしい時期ながら日程をやりくりして二回分を確保していた程である。若手一番の勉

強家がどこまで先達に肉薄するかが見ものだったし、前年、二〇一九年十二月、池袋あうるすぽっとで、通し狂言をポップに見せる花組芝居(1)が、見事にこの狂言を料理して見せたから、伝統歌舞伎側がどう応じるのかという興味もあったのである。まして菊之助の挑戦であるから見逃せないところであったのだが、これも休止の憂き目に遭ってしまった。

そのほか、尾上松緑が日本駄右衛門に廻って坂東彦三郎が南郷力丸で菊之助の弁天小僧と組む四月新橋演舞場、夜の部の片岡亀蔵を見るだけでも面白い六月博多座、毎年関西・歌舞伎を愛する会が巧みなプログラムを組む七月松竹座など、すべてが中止となった。

しかし、歌舞伎興行を主催する松竹株式会社にとって、二〇二〇年の最大の目算外れは、例年團菊祭が行われる五月から、七月までの三か月間連続の歌舞伎座における襲名披露を皮切りにする十三代目市川團十郎の一連の襲名興行が、今回の感染症による興行休止の直撃を受けてしまったことであろう。集客力の高さでは自他共に認める海老蔵の團十郎襲名であるから、この上ない興行成績が期待されたはずである。高麗屋親子三代同時襲名以後の最大の話題であったから、観客側のみならず、主催者側にとってこそ大きな痛手であった。

二　通し狂言としての『源氏物語』

襲名が延期になってしまい、しばらく十一代目海老蔵を名乗る時期が続くことになったが、歴代の海老蔵の中で、この名前でもっとも大きな記憶を刻印したのが、十一代目の祖父に当たる九代目海老蔵である。七代目松本幸四郎の長男で、高麗屋から成田屋に入った人であるが、(2)その人気を不動にしたものの一つが、通し狂言型の『源氏物語』であった。ことさら「通し狂言」という名前をつけたのは、『源氏物語』の名前で上演された『空蟬』(一九五四年七月明治座)や、『六条御息所』(一九七五年五月歌舞伎座)、『夕顔』(一九九五年九月歌舞伎座)などの一人の人物、一つの説話に絞った、一幕ものを中心とする上演時間の短い作品と区別するための便宜上の命名である。通し狂言型の『源氏物語』の主体となった菊五郎劇団は「新作と通し狂言を車の両輪にして(3)」いたから、「新作」であり、「通し狂言」的色彩の強い『源氏物語』は、この劇団にとっても最も重要な演目であったのである。

この、通し狂言としての『源氏物語』の初演は、一九五一年三月のことである。桐壺巻から賢木巻までを中心とするもので、光源氏と藤壺の恋を主旋律として、賢木巻の藤壺落飾までを描く。通し狂言の最大の魅力は、物語の広さと奥行きであり、それにともなって多士済々の役者を配することができる。菊五郎劇団に猿之助一座が加わったため、光君(九代目市川海老蔵)、桐壺更衣・藤壺女御(七代目尾上梅幸)、桐壺御門(二代目市川猿之助)、頭中将(二代目尾上松緑)という豪華な顔合わせである。また、『源氏物語』は光源氏の五十有余年の物語、賢木巻まででも四半世紀の物語であるから、この時間の経過に合わせて、ベテランから若手まで多くの役者を配することが魅力の一つである。(4)光君と頭中将の若い頃を後の岩井半四郎と萬屋錦之介が、葵の上を大川橋蔵が演じている。夕顔を若き日の七代目中村芝翫、春宮を少年時代の四代目市川左團次が勤めている。按察使大納言の北方を三代目尾上多賀之丞、侍女右近を六代目尾上菊蔵の父子と脇役に至るまで豪華な俳優陣であった。そして、この魅力は、多彩な人物が登場し、その一人一人が個別の人生ドラマを内包している長編物語としての『源氏物語』の魅力そのものでもあった。その意味で、通し狂言型の歌舞伎『源氏物語』は、原作の『源氏物語』の長編性の利点を最大限に生かしたものであったといえよう。

同年十月には、ほぼ同じ顔ぶれで、三月の狂言の脚本にはあった空蟬（時間の関係で上演されず）を除き、須磨・明石巻あたりまで物語を伸ばしている。物語としての流れを重視すれば、長編構想に関わらない帚木系の空蟬巻の話を削るのは極めて理に叶ったことである。その分確保された上演時間が、光源氏の流離の物語まで伸ばすことを可能にしている。若紫系と帚木系、あるいは長編的要素と短編的要素という対立概念は、(5)作品としての『源氏物語』を分析するときも、歌舞伎狂言としての『源氏物語』を考察するときも、重要な視点となり得るものである。

十一月には大阪歌舞伎座でも『源氏物語』が上演された。前月の東京歌舞伎座同様、須磨・明石巻までの物語であるが、光君（三代目市川寿海）、頭中将（十三代目片岡仁左衛門）、桐壺御門（三代目阪東寿三郎）、桐壺更衣・藤壺女御（四代目中村富十郎）と関西版オールスターキャストである。光君と頭中将の若い頃を扇雀時代の坂田藤十郎と市川雷蔵が演じている。扇鶴と並び称されたもう一方の立役者、坂東鶴之助時代の五代目富十郎は夕顔である。左大臣の林又一郎もさぞかし品格のある大臣であっただろう。これらも通し狂言としての配役の妙を最大限に生かしたものである。(6)猶、戦前『源氏物語』の上演を企画し、当局の圧力で断念せざるを得なかった六代目坂東蓑助は海龍王として参加している。時代に先駆けすぎた悲運をかみしめていた。(7)

一九五二年五月東京歌舞伎座では、前年の続編のような形で、絵合巻から玉鬘十帖のあたりまでが上演される。前回は藤壺女御が女主人公であったが、今回は藤壺が崩御して玉鬘がその位置を継承する。源氏の大臣（九代目海老蔵）、藤壺宮・玉鬘（七代目梅幸）、権中納言（二代目松緑）、鬚黒大将（二代目猿之助）と四本柱が骨格であるのは前回同様である。若手・名脇役もほぼ同じ顔ぶれが周辺を支え、四代目左團次（当時五代目市川男寅）は真木柱を演じている。今回も大好評で、五月昼の部のこの狂言は、翌月も夜の部に移って継続上演されている。

一年おいて、一九五四年五月には、五一年版、五二年版を継承する形で、若菜巻から幻巻までが上演される。作品としての『源氏物語』では第二部に当たるが、歌舞伎では五一年版（明石巻まで）を第一部、五二年版（玉鬘十帖まで）を第二部と称するので、今回が第三部と呼ばれる。源氏の君（九代目海老蔵）、朱雀院（二代目猿之助）、太政大臣（二代目松緑）、女三宮（七代目梅幸）が今回の四本柱である。光源氏と頭中将は一貫して海老蔵と松緑が演じ、各回の女主人公（藤壺→玉鬘→女三宮）を梅幸が演じ、それに次ぐ主要な役回り（桐壺院→鬚黒→朱雀院）を猿之助が演じるという形が完遂されている。今回紫の上を五代目片岡芦燕（のちの十三代目我童）が演じているのも、海老蔵との奇しき因縁といえようか。もう一つ注目すべきは、夕霧三郎君の五代目尾上丑之助、蛍兵部卿宮御子の初代尾上左近、薫の君の市川夏雄の三人である。言うまでもなく後の七代目菊五郎、初代尾上辰之助（三代目松緑を追贈）、十二代目團十郎である。通し狂言『源氏物語』の次代の三本柱となる三人が、そろって今回の『源氏物語』で親子共演を果たしている。『源氏物語』が大河小説的作品であり、その長編としての時間構造を生かした通し狂言であること、世襲を中心に歌舞伎が役者の世代交代によって伝承されていく芸能であること、これらが最良の形で顕現した舞台であった。今回も五月昼の部のあと、六月では夜の部に移って、二ヶ月連続の上演である。

新世代の『源氏物語』が上演されるのは、一九七〇年二月歌舞伎座である。前年十代目を襲名した市川海老蔵に、この年五月に四代目尾上菊之助、初代尾上辰之助と名前を変える二人が中心となって、それぞれ、光君、藤壺・夕顔、頭中将を演じる。この世代の上演には澤瀉屋が加わっていないから、桐壺院は菊五郎劇団のベテラン十七代目市村羽左衛門である。

一九八三年五月には、この第二世代の三人がトリオを組んだ『源氏物語』が再び上演されている。菊之助は七代目菊五郎を襲名している。桐壺院は十七代目羽左衛門が今回も務め、同時に、海老蔵長男堀越孝俊初お目見得ということで、第三世代のトップを切って現海老蔵が舞台を踏んでいる。筋書一つにも、第一世代への敬意があふれている。第一世代の時の筋書は、早くに『鸚鵡石』（玄文社、一九一八年）『悪の華』（歌舞伎座出版部、一九二七年）等芝居歌集を持ち、戦前・戦後を通じて最高の見巧者であった吉井勇が「戯曲源氏物語」（第一部）「源氏物語歌抄」（第二部）「歌舞伎だより」（第三部）の名で歌を寄せており、これを読むのが筋書の楽しみの一つでもある。今回の筋書冒頭には「まばゆくも舞台の上に開かれし源氏絵巻を見とも飽かめや」など二首の吉井勇の歌が転載されている。[8] また、「源氏物語上演アルバム」として第一世代の演じた第一部の記録が簡潔にまとめられているのも便利である。

第三世代の『源氏物語』が上演されるのは二十世紀最後の年、二〇〇〇年五月歌舞伎座の團菊祭でのことであった。当時の名前で記すと、光君（七代目市川新之助）、頭中将（二代目尾上辰之助）、紫の上（五代目尾上菊之助）である。第三世代はまだ若く、第二世代がそれを支えているのが微笑ましい、歌舞伎のよき伝統に守られている感のあるキャストであった。桐壺帝を十二代目市川團十郎が、右大臣を七代目尾上菊五郎が演じている。それだけに第二世代から初代尾上辰之助（のち三代目尾上松緑を追贈）一人が欠けていることがなんとも残念である。役の深い理解と切れ味鋭い演技を見せた辰之助が脇に廻ったらどのような存在感を示したか、不在の大きさを実感させられる。菊五郎・團十郎以外でも、第三世代を支えるべくベテランから若手までの芸達者が周辺を固めているのが今回の特色でもある。五一年の第一回目の上演から参加している四代目市川左團次が左大臣を、尾上多賀之丞の後継者とも言うべき名優六代目澤村田之助が弘徽殿を演じるのをはじめとして、藤壺（六代目坂東玉三郎）、王命婦（二代目片岡秀太郎）、葵の上（七代目中村芝雀、現雀右衛門）、六条御息所（五代目中村時蔵）という豪華な布陣である。

ちょうど一年後、二〇〇一年五月に続編として、須磨・明石巻を中心に上演され、光君（七代目新之助）、三位の中将（二代目辰之助）、紫の上（五代目菊之助）、明石の入道（十二代目團十郎）、朱雀帝（七代目菊五郎）、などが演じた。

通し狂言型の『源氏物語』の最後の上演は、二〇〇五年六月博多座である。十一代目市川海老蔵、四代目尾上松緑と名跡を改めた二人が光君と頭中将を演じ、菊之助が藤壺女御と、この世代の骨格が守られている。菊五郎は参加していないが、音羽屋の中堅九代目市川團蔵が左大臣を巧みにこなし、桐壺帝の團十郎と共に若手三人を支えた。今回は二代目市川亀治郎（四代目市川猿之助）が葵の上、四代目市川段四郎が右大臣と、澤瀉屋が重要な役割を占めている。五一年版の『源氏物語』の再来かとも期待されたが、通し狂言型の『源氏物語』は、これを最後として、今日に至るまで十五年間上演されていない。

以上、通し狂言型の『源氏物語』を概観してみたが、これは様々な世代の多数の登場人物が長期間にわたって活躍する長編作品としての『源氏物語』の特徴を見事に生かしたものであったことを確認して次節に進む。

三　短編型の『源氏物語』

前節で通観した通し狂言型の『源氏物語』は第三世代のもの（瀬戸内寂聴原作）を除いて、「舟橋源氏」と呼ばれることが多い。舟橋聖一の原作・脚本によるからである。これに対して「北条源氏」と呼ばれるものが存在する。

北条秀司原作のもので、『浮舟』（一九五三年明治座初演）、『空蟬』（一九五四年明治座初演）、『末摘花』（一九五五年歌舞伎座初演）、『明石の姫』（一九五七年新橋演舞場初演）などである。北条の作品らしく新派の役者が加わったり、新派単独で上演されたものも多い。その特徴は、『源氏物語』中の一つの説話に絞って、少数の人数で、特定の話題に収斂させ、上演時間も短時間のものである。これはいわば短編型の『源氏物語』である。『空蝉』『末摘花』は、元来独立性の高いいわゆる玉鬘系（帚木系）の登場人物であるから、短編型の物語の主役にふさわしい人物である。『明石の姫』も紫の上系（若紫系）ながら、舞台が明石に限定されているので、これも『源氏物語』の長編構造から切り離して一つの世界を確立することが容易であっただろう。これらの作品の中から、上演回数の多い（それは作品として大成功であったと言い換えても良いだろう）『末摘花』について検討してみる。

演目名は『末摘花』であるが、内容は末摘花巻ではなく、蓬生巻を骨格としたものである。末摘花巻や玉鬘十帖では徹底して笑われる対象として造型されている末摘花であるが、蓬生巻では、喜劇的展開の中にも、荒廃した常陸宮邸でひたすら光源氏を待ち続ける一途さ、いじらしさが描かれていた。(9)北条秀司の『末摘花』も、主役は光源氏ではなく、末摘花その人である。初演以来十七代目中村勘三郎が、一途に光源氏を思う末摘花を、純情な内面と滑稽な外見の落差の面白さを強調して、自家薬籠中のものとして実に巧みに演じた。光源氏を演じるのは立役専門の役者ではなく、六代目中村歌右衛門、三代目中村時蔵、当代の坂東玉三郎らが演じている。四代目中村雀右衛門も七代目大谷友右衛門時代に三度演じている。この狂言では、美しい光源氏は、滑稽な容貌とは裏腹に心の美しい末摘花を引き立てる側に回る。もう一人重要な人物が、北条秀司が新たに創作した、東国の受領で盲目の源雅国という人物である。末摘花は、光源氏の美しさすばらしさを忘れられないものの、ひたすら自分を思ってくれる雅国という一受領に従って、東国に下向することを決意するのである。一途な末摘花の心を翻えさせる（たとえ内心で光源氏を思い続けていても）人物であるから、この源雅国役は、人柄や品格を体現する役者が演じることが必要である。そうした役柄にふさわしく初代松本白鸚、十二代目市川團十郎、関西では林又一郎が勤めた。芸達者・美形・人柄のアンサンブルがこの狂言の最大の見ものである。上演時間は一時間程度で、見事に『源氏物語』の一つの挿話を現代によみがえらせた作品であった。

一九六一年明治座で十七代目中村勘三郎が末摘花を演じたのを最後に、歌舞伎役者が末摘花に扮することは途絶えていたが、(10)二〇〇一年に五代目中村勘九郎時代の十八代勘三郎が、坂東玉三郎、十二代目市川團十郎を相手に末摘花を演じた。勘九郎の熱演で笑いと涙につつまれた舞台であった。これは初役にして完成された役作りであって、十八代目の当たり役の一つとなることが期待されたが、襲名前後から多彩な狂言に挑むことが忙しく、その後再演されることがなかったのは実に惜しまれる。この時の舞台には、惟光役で二代目中村勘太郎（六代目勘九郎）が、光君従者藤内役で初代坂東彌十郎らが、十八代目の演技を直ぐ側で見ていたから、いつの日にか六代目勘九郎の末摘花、二代目中村七之助の光源氏、坂東彌十郎の源雅国のトリオで、新生中村座の演目の一つに加えて貰いたいものである。

北条秀司は、この『末摘花』や、上述した『空蟬』『明石の姫』以外にも、『源氏物語』に取材した作品（北条自身は「パロディ」とも呼ぶ）として、『妄執（主役は六条御息所）』『続明石の姫』『落葉の宮』などを歌舞伎・新派などの舞台にかけている。ラジオドラマ、テレビドラマなどさまざまな媒体で、これらの作品を取り上げるほか、『藤壺』『紫の上』『花散里』『朧月夜』なども新たに書き下ろしている(11)。いずれも登場人物を少人数に絞り込み、場面・舞台を限定して、短時間の作品として完結させた、短編型の『源氏物語』である。これは『源氏物語』自体が、様々な人間一人一人のドラマを内側に抱え込んでいる構造を巧みに利用して、一人の人物、一つの説話に絞ってまとめあげたものといえよう。そうした北条源氏の中で注目すべき作品に『浮舟』がある。

四　『浮舟』と『源氏物語』第三部の問題

『浮舟』は、北条源氏の最初の作品である。

『婦人公論』一九五一年九月号に掲載され、五二年四月にNHKでラジオ放送され、五三年七月に吉右衛門劇団が明治座で上演した。匂宮（十七代目中村勘三郎）、薫（八代目松本幸四郎、初代松本白鸚）、浮舟（六代目中村歌右衛門）の重厚な組み合わせであった。後述するように、実質的な主人公は匂宮であるが、十七代目中村勘三郎は、『末摘花』以上に、この役を当たり役にした。露悪的でかつ愛嬌が必要な役柄であるから、十七代目のはまり役だったのだろう。十七代目は生前十回この役を演じているが、それ以外では二代目中村扇雀（四代目坂田藤十郎）が扇千景の浮舟で上演しただけである（一九六一年梅田コマ劇場）。余人の追随を許さないものがあったのだろう。十七代目没後に五代目勘九郎（十八代目勘三郎）が一度だけ演じているが、十八代目の持ち役にしてほしかったという思いは『末摘花』同様である。

直近の上演が、二〇一一年三月の、匂宮（二代目中村吉右衛門）、薫（七代目市川染五郎現松本幸四郎）、

浮舟（五代目尾上菊之助）の組み合わせであった。吉右衛門は初役ながら、当代きっての一条大蔵卿役者らしく、知的なものを完全に隠しきり、感情のままに生きていく匂宮を見事に演じた。もう一つ、薫・浮舟に三十歳前後も年下の若手を起用したことも成功した。匂宮・薫・浮舟の三人が主役のようでありながら、また題名は『浮舟』でありながら、北条のこの作品で実質的に舞台を主導していくのは匂宮であり、薫と浮舟はそれに振り回されるという構図であるから、芸歴そのままに、匂宮役者が舞台を支配する構図は、見るものに安定感を与える。同様の試みは、一九八三年版でもなされており、七十代半ばの十七代目中村勘三郎が、薫と浮舟に、片岡孝夫（十四代目片岡仁左衛門）と坂東玉三郎の、二十代半ばの孝玉コンビを迎えて上演された。

二〇一一年版のもう一つの見ものは匂宮の従者時方であった。尾上菊五郎がこの役を実に楽しそうに天真爛漫に演じていた。端役が舞台をさらう、しかもそれを長く引きずらずに一瞬の出来事にして狂言全体の流れはさえぎらない、天性の役者の奥深さを垣間見させられた思いであった。この時は、三月十一日の東日本大震災に直面し、新橋演舞場も数日間の休演となった。それでも下旬には再開され、稿者も、主役の三人、そして尾上菊五郎の名演を確認することができた。この作品には、浮舟に多情な母中将の血が流れているという設定など北条秀司独特の癖による限界もあるが、これは執筆された時代・時期にもよると考えるべきであろう。(12)

ところで北条秀司の『浮舟』は、『源氏物語』の宇治十帖後半部の構造をそのまま舞台に移したような作品である。『源氏物語』第三部の主題そのものである。その意味で、『末摘花』や『空蝉』のような、短編型の物語とは、一見位相を異にするようである。しかし当該作品の歌舞伎の舞台などを見ると、北条秀司は見事に短編型の物語に圧縮している。これは北条の手腕に拠ることが第一であるが、同時に、宇治十帖に内在する問題と通底するのではないだろうか。

実は宇治十帖は、橋姫巻から夢浮橋巻までの八年間の物語でありながら、その八年という時間をほとんど感じさせない物語なのである。もちろんこの間に八宮と大君は世を去り、中君と匂宮は結ばれ、匂宮は夕霧の六の君に婿取られ、薫は女二宮の降嫁を仰ぐという出来事があり、実際に八年の歳月は流れている。にもかかわらずその八年の重みがないのは何故か。それは、薫と匂宮の二人の人間の造型に関わるのではなかろうか。二人はこの間に、二十歳そこそこから三十歳近くまで年齢を重ねているが、橋姫巻の薫や、椎本巻の匂宮と、手習巻の二人の姿には実質的な差異を認めがたい。同じ頃の光源氏や頭中将を想起してみるとそのことは明白であろう。紅葉賀・花宴・葵巻の頃の若い二人と澪標巻での人間として成長した二人との違いは、薫や匂宮の上には見出せないものである。

敢えて矛盾する言い方をすれば、宇治十帖とは長い短編物語ではないか。

物語の中の時間は累積するが、それが薫や匂宮の内的変化をもたらすことはない。四十六歳から五十四歳に該当する夕霧が一貫して右大臣であることも関連するかも知れない。実父の光源氏は一世の源氏だから比較しづらいにしても、頭中将でさえも、四十代半ばで太政大臣、五十代半ばには致仕しているのである。薫も匂宮も夕霧も、誰もが実質的に年を取らない。さらに言えば、新しい世代も育ってこない。この間誕生したのは中君と匂宮との間の男児のみである。匂宮の兄春宮は夕霧の娘を女御として迎えており、二宮（式部卿宮）もまた夕霧の娘を妻としているが、ともに子供の誕生の記事はない。薫と女二宮との間にも子供はいない。これを縦の広がりの欠如とすれば、薫、匂宮、八宮家の人々を除けば、人的広がり、横の広がりにも欠けるのである。縦と横の広がりを欠く以上、物語が費やした時間が長くても、短編物語的だと言わざるを得ないのである。

北条源氏の『浮舟』は、成功すべくして成功した作品であるのではないか。短編物語的な第三部であるからこそ、北条秀司の世界にピタリと嵌まったのである。通し狂言型の『源氏物語』が、宇治十帖を作り得なかったのは、作者の舟橋聖一の側の事情や、吉右衛門劇団の『浮舟』が先に上演されたということもあろうが、歌舞伎『源氏物語』の第一部（須磨・明石まで）、第二部（玉鬘をめぐる物語）、第三部（女三宮をめぐる物語）のように、ベテランから新鋭までの多くの役者を活かせるようなキャスティングができないからである。

『源氏物語』は、年立と系図が有効な作品である。それは物語の世界が縦に伸び、それを解明するために年立が必要であり、また横に広がるときには系図が必要である。宇治十帖においてもそれらは作られているが、私見に拠れば、それらがなくても十二分にこの世界は理解できる。それこそ宇治十帖が短編的であることの証左であろう。

おわりに

二〇一一年の東日本大震災の当日に上演予定であった北条源氏の『浮舟』、いわば短編型の『源氏物語』と、二〇二〇年感染症問題で團十郎襲名が延期になった市川海老蔵の当代・先代・先々代と深く関わる通し狂言型『源氏物語』を切り口に、歌舞伎の『源氏物語』から見えてくるものを考えてみた。そこでは、『源氏物語』という作品が内包している短編性と長編性が明瞭な形で提示されていた。文字芸術である『源氏物語』の構造が、演劇によって、一層明瞭な形で析出されたと言えようか。もちろん『源氏物語』というたぐいまれな作品が、文字芸術の域を大きく超えて、さまざまな文化と関わる可能性を内包していて、舞台芸術の側もそれを十全に生かすことができる高水準の作者や演技者を擁しているからであるが。

文字芸術にせよ、舞台芸術にせよ、あるいはこれらと深く関わる映像芸術・音楽芸術等々が、いかに私たちの生活を豊かに彩ってきたことか。これは紛れもない事実である。二〇一一年から二〇二〇年へ、さらに二十一世紀の私たちを覆っている様々な困難に少しずつでも対処しながら、こうした豊かな文化環境を守り続ける必要性をかみしめながら、擱筆することとする。

注

（1）歌舞伎を演じる花組芝居の魅力を一言で示すのは困難であるが、『菅原伝授手習鑑』では、車引を大型オートバイに置き換えて見せたと紹介すれば、その一端が理解してもらえよう。

（2）一九四〇年二月、七代目松本幸四郎が長男の市川高麗蔵の法定推定相続人廃除を申請、四月、市川三升の養子となり、五月歌舞伎座にて襲名披露興行。

（3）佐貫百合人「菊五郎劇団の四十年」『演劇界』四六巻三号、一九八八年三月。

（4）二代目尾上松緑は、七代目尾上梅幸・十七代目市村羽左衛門との鼎談「菊五郎劇団30年」（『演劇界』三六巻二号、一九七八年二月）で、「半四郎が若き源氏で出」ていることに言及している。その時点でも回想されるほどの美しさであったのだろうが、同時に猿之助一座・菊五郎劇団の若手を抜擢する意味合いを熟知していたからであろう。

（5）『源氏物語』を長編性と短編性という視点から分析することは、「源氏物語の構成とその技法」（『望郷』八号、一九四九年六月）に代表される池田亀鑑の諸論考、それらを踏まえた松岡智之「物語のストーリーとその射程　―長編性と短編性―」（新時代の源氏学1『源氏物語の生成と再構築』竹林舍、二〇一四年）が今日の到達点を示す。

（6）この問題に関しては、本書第一編第四章「紫式部学会と雑誌『むらさき』」（初出は、『女学生とジェンダー　女性教養誌『むらさき』を鏡として』笠間書院、二〇一九年）でも述べている。

（7）坂東簑助は、「『源氏物語』と私」（『舞台展望』一九五一年八月号）で、当時のことを回想し、上演できなかったことを「終生の痛恨事」と述べている。のち、八代目坂東三津五郎を襲名後、一九六四年三月東京歌舞伎座で、十一代目團十郎の光君、梅幸の藤壺と、頭中将役で共演する。

（8）吉井勇は一九六〇年に長逝したため、新世代の『源氏物語』を見ることは叶わなかった。

（9）吉井勇は、一九五六年十二月東京歌舞伎座の師走歌舞伎の筋書に「勘三郎の末摘花を見てあれば女ごころの悲しきろかも」を寄せている。猶、吉井勇の歌舞伎『源氏物語』の歌については、田坂「吉井勇の芝居歌」（『三田國文』六七号・六八号、二〇二二年十二月・二〇二三年十二月）参照。

（10）一九七七年新橋演舞場や一九八三年名鉄ホールで京塚昌子が、一九八五年南座で山田五十鈴が演じた例などがある。

（11）『北条源氏　―源氏物語から』（育英社、一九八三年）に集大成されている。

（12）北条秀司の最晩年の作品『花魁草』の台本や、上演時の筋書の北条自身の発言から、そうした性癖が作品に反映していることを、田坂「北条秀司『花魁草』と栃木」（『文学・語学』二一五号、二〇一六年四月）で論じた。

（附記）　舞台の実見が叶わなかった一九七〇年代までの上演記録は筋書の他、『幕間』『劇評』『舞台展望』『演劇界』等の雑誌を参照した。また、前田佳乃「歌舞伎『源氏物語』の研究」作成上演資料（二〇一六年度慶應義塾大学文学部提出卒業論文）、日本俳優協会「歌舞伎公演データベース」（https://kabukidb.net　最終閲覧二〇二四年七月一日）、「松竹大谷図書館新派上演年表」（https://www.dh-jac.net/db/nenpyo/search_shinpa.php　最終閲覧二〇二四年七月一日）等のデータも参考にした。記して謝意を表する。

第三章　光源氏と若紫の少女の出会いをどう教えるか

はじめに

本稿は、かつて行われていた教員免許状更新講習で、高等学校や中学校で国語を担当する教員のための講義を基としたものである。教科書の定番である『源氏物語』を教えるときに、できれば留意すべきではないかということを述べた。教育のプロとして、数年、十数年、もしくはそれ以上現場を知っている人達に、参考とする注釈書にどう対峙するのかという問題を中心に据えた。

『源氏物語』が日本文学を代表する作品という位置づけは別にするとしても、高等学校の教科書の定番であることは間違いない。しかも今日では、テレビ、映画、舞台、多種多様なコミック、そして様々な入門書、注釈付原文、現代語訳が、教師や生徒の周りを取り巻いている。

現代語訳に関して言えば、二十世紀の末に瀬戸内寂聴訳が完結した後、(1)新世紀に入って、大塚ひかり訳、(2)林望訳、(3)中野幸一訳、(4)角田文代訳(5)など、さまざまな意匠を凝らした新訳が刊行中である。週刊朝日百科シリーズの『絵巻で楽しむ源氏物語』(6)なども、これらと連動させて捉えても良いかもしれない。また、舞台、映像、テレビなどの媒体が、驚くほど特異な視点を提供することもある。

要するに、様々な形での『源氏物語』への接近、もう少し分かりやすく言えば、様々な形に変化した『源氏物語』が提示されている今日、教室という場で『源氏物語』の文章に出会う生徒には、何を教えるのかということが、従来以上に必要になっているのではなかろうか。また、補助教材として使用される注釈書などに問題はないか、そうしたことも含めて、『源氏物語』をどう教えるのか、ということを改めて考えてみたい。

一　場面の限定

論旨を明快にするために問題を一点に絞る。

幅広い意味で『源氏物語』そのものをどう教えるかではなく、若紫巻、北山での光源氏と若紫の少女との出会いの場面と、その前後をどう教えるかに限定して考える。

この場面に限定する理由は、言うまでもなく、圧倒的多数の高等学校の教科書に、この箇所が採用されているからである。この部分こそが、『源氏物語』の代表のように取り上げられているからである。従って、若紫巻の北山の段をどう教えるかと言うことが、『源氏物語』をどう教えるかということであると言っても、過言ではない。

前提として、北山の段が、どれくらいの教科書に採用されているかを簡単に確認しておきたい。こうしたことを考える時に、大変有難い調査結果の公表がなされている。中河督裕・吉村裕美調査・作成の『高等学校の国語教科書は何を扱っているのか』という冊子がそれである。(7) データとしてはやや古いが、平成十二年度高等学校国語教科書所収の教材の出典について調べたものである。

この調査資料は、大変な労作で、旺文社（七種）、学校図書（五種）、角川書店（一〇種）、教育出版（九種）、桐原書店（一一種）、三省堂（一七種）、清水書院（三種）、尚学図書（一四種）、第一学習社（一七種）、大修館書店（一九種）、筑摩書房（一二種）、東京書籍（一四種）、日栄社（五種）、日本書籍（三種）、明治書院（一八種）、右文書院（一三種）、合計一六社一七七種類の教科書を網羅している。

これによって、現代国語の定番作品を見てみると、芥川龍之介の『羅生門』が一二五種類の教科書に採用され、(8) 中島敦『山月記』が三五種、宮沢賢治『永訣の朝』一八種などが強いことが分かる。『山月記』は分量的にも適切なためか、突出した多さである。近代文学の場合は、教材の選択の幅が広いため、二〇種類以上の教科書に取り上げられる作品は極めて少ない。それだけに『山月記』は、群を抜いた多さである。(9)

翻って、古典文学の場合を見てみると、当然のことながら有名作品の有名箇所に集中する傾向が強い。『枕草子』「春はあけぼの」が一三二種類の教科書に採択されているのを初め、『方丈記』の冒頭が一二九種、『徒然草』の冒頭が一三〇種、『土佐日記』の冒頭が一二九種、『更級日記』の冒頭が一二六種、物語への耽溺が一二四種、『奥の細道』の冒頭が一三〇種などである。物語文学に目を転じれば、『伊勢物語』の東下りが一二三種、筒井筒が一二四種、『大鏡』の花山天皇の出家が一二一種などである。

『源氏物語』はやはり、多くの教科書に素材を提供している。まず、桐壺巻の冒頭を取り上げている教科書が三五種類である。さきに『枕草子』『方丈記』『徒然草』『土佐日記』『更級日記』『奥の細道』の例で見たように、作品の冒頭を取り上げるのは、教科書として最も一般的なスタイルである。桐壺巻頭以外では、須磨の秋の場面が二二種、御法巻の紫の上の逝去の場面が一七種が目立つ程度である。こうした中で、若紫巻の北山の段、特に後に紫の上となる少女を光源氏が見出す場面を取り上げている教科書は、四四種類にものぼるのである。上述した、旺文社、学校図書、角川書店、教育出版、桐原書店、三省堂、清水書院、尚学図書、第一学習社、大修館書店、筑摩書房、東京書籍、日栄社、日本書籍、明治書院、右文書院のすべての会社の教科書がこの場面を採択し、ほとんどが国語Ⅱの教科書で使用している。一例を挙げれば、東京書籍は『国語Ⅱ』『新選国語Ⅱ』『精選国語Ⅱ』、筑摩書房は『国語Ⅱ』『新編国語Ⅱ』などである。もちろん、『現代文』『古典』と別れた教科書の『古典』で取り上げられている場合も少なくない。ともあれ、現代の高校生は、『国語Ⅱ』か『古典』のいずれかの教科書で、『源氏物語』の北山の段を学ぶことが基本になっていると考えて良かろう。

二　北山の段とその背景

まず、当該場面を引用しておこう。少し長いが、論述の必要上、中間を省略せずに掲出する。

日のいと長きに(10)、つれづれなれば、夕暮のいたう霞みたるにまぎれて、かの小柴垣のもとに立ち出でたまふ。人々は帰したまひて、惟光朝臣とのぞきたまへば、ただこの西面にしも、持仏すゐたてまつりて行ふ尼なりけり。簾すこし上げて、花奉るめり。中の柱に寄りゐて、脇息の上に経を置きて、いとなやましげに読みゐたる尼君、ただ人と見えず。四十余ばかりにて、いと白うあてに痩せたれど、つらつきふくらかに、まみのほど、髪のうつくしげにそがれたる末も、なかなか長きよりもこよなういまめかしきものかな、とあはれに見たまふ。

　きよげなる大人二人ばかり、さては童べぞ出で入り遊ぶ。なかに、十ばかりやあらむと見えて、白き衣、山吹などのなえたる着て、走り来たる女子、あまた見えつる子どもに似るべうもあらず、いみじく生ひ先見えてうつくしげなる容貌なり。髪は扇をひろげたるやうにゆらゆらとして、顔はいと赤くすりなして立てり。

「なにごとぞや。童べと腹だちたまへるか」とて、尼君の見あげたるに、少しおぼえたるところあれば、子なめりと見たまふ（＊）。「雀の子を、犬君が逃がしつる、伏籠の中に籠めたりつるものを」とて、いと口惜しと思へり。このゐたる大人、「例の、心なしのかかるわざをしてさいなまるるこそいと心づきなけれ。いづ方へかまかりぬる、いとをかしうやうやうなりつるものを。烏などもこそ見つくれ」とて立ちて行く。髪ゆるるかにいと長く、めやすき人なめり。少納言の乳母とぞ人言ふめるは、この子の後見なるべし。

　尼君、「いで、あな幼や。言ふかひなうものしたまふかな。おのがかく今日明日におぼゆる命をば何とも思したらで、雀慕ひたまふほどよ。罪得ることぞと常に聞こゆるを、心憂く」とて、「こちや」と言へば、ついゐたり。つらつきいとらうたげにて、眉のわたりうちけぶり、いはけなくかいやりたる額つき、髪ざしいみじううつくし。ねびゆかむさまゆかしき人かな、と目とまりたまふ。さるは、限りなう心をつくしきこゆる人に、いとよう似たてまつれるが、まもらるるなりけり、と思ふにも涙ぞ落つる。

尼君、髪をかき撫でつつ、「梳ることをうるさがりたまへど、をかしの御髪や。いとはかなうものしたまふこそ、あはれにうしろめたけれ。かばかりになれば、いとかからぬ人もあるものを。故姫君は、十ばかりにて殿におくれたまひしほど、いみじうものは思ひ知りたまへりしぞかし（＊＊）。ただ今おのれ見棄てたてまつらば、いかで世におはせむとすらむ」とていみじく泣くを見たまふも、すずろに悲し。幼心地にも、さすがにうちまもりて、伏し目になりてうつぶしたるに、こぼれかかりたる髪つやつやとめでたう見ゆ。（若紫二〇五頁）

教科書によっては、この後の、北山の尼君と少納言の乳母の和歌や、北山の僧都の登場の場面まで掲出するものもある。

猶、（＊）の部分で、光源氏が、尼君と少女を親子であろう、と推測していることを確認しておこう。この推測と、（＊＊）の部分の表現をどう関連させて読み解くかが問題となるが、そのことは次節で詳述する。ここでは、問題点の指摘のみを行っておく。

さて、この場面であるが、「十ばかりやあらむ……走り来たる女子」の少女の姿が、実に巧みに描出されていることは言うまでもない。多くの生徒たちが、「雀の子を、犬君が逃がしつる」という台詞を覚えているし、「顔はいと赤くすりなして」とか「こちや、と言へば、ついゐたり」などの描写に記憶があるようである。後述するように、光源氏の三歳時の記述、六歳の時の描写など、この物語の作者の子どもを描出する筆遣いは、他の追随を許さぬ卓越したものがある。周辺の人物も、少女の将来を心配してあえて厳しい言葉をかける尼君、少女の気持ちにより添う少納言の乳母、二人の役割分担などの造型も明確である。この箇所が物語の展開の要となる重要な部分であることはもちろんだが、鮮やかに描き出されたこの場面が強固な印象を与えるからこそ、教科書に多く採択され続けているのであろう。

ところが、問題となるのが、「ねびゆかむさまゆかしき人かな、と目とまりたまふ。さるは、限りなう心をつくしきこゆる人に、いとよう似たてまつれるが、まもらるるなりけり、と思ふにも涙ぞ落つる」の部分である。なぜ、光源氏の目がとまり、じっと見守ってしまうのかについて、丁寧な説明がなされないと、この部分が未消化のまま残ってしまうのである。

もちろん背景にある藤壺思慕ということを抜きにしてはこの場面は読み解けない。しかし藤壺思慕ということを、分かりやすく説明することは簡単ではない。そのためには、十八歳までの光源氏の人生、特に元服するまでの十二年間を丁寧に振り返っておくことが必要なのではないだろうか。

その中でも、数え年三歳で母を、六歳で祖母を失っているという設定は、強調しすぎてもしすぎることはないと思われる。

三歳の年の夏、母である桐壺更衣が逝去するが、父桐壺帝をはじめ、悲嘆に暮れる周りの人々の中で、一人、母親の死を理解できない幼い光源氏の姿が一層哀れを誘うのである。そうした年齢であれば、光源氏はほとんど母親の記憶がないだろう。

皇子は、かくてもいと御覧ぜまほしけれど、かかるほどにさぶらひたまふ例なきことなれば、まかでたまひなむとす。何ごとかあらむとも思したらず、さぶらふ人々の泣きまどひ、上も御涙の隙なく流れおはしますを、あやしと見たてまつりたまへるを、よろしきことにだにかかる別れの悲しからぬはなきわざなるを、ましてあはれに言ふかひなし。（桐壺二四頁）

次いで六歳の年、今回は、桐壺更衣の母、光源氏にとっては祖母にあたる、故按察使大納言の北の方が死去する。三歳の時と違って、人の死ということを理解できる年齢となっていた光源氏は嘆き悲しんだのである。

かの御祖母北の方、慰む方なく思ししづみて、おはすらむところにだに尋ねゆかむと願ひたまひししるしにや、つひに亡せたまひぬれば、また、これを悲しび思すこと限りなし、皇子六つになりたまふ年なれば、このたびは思し知りて恋ひ泣きたまふ。年ごろ馴れむつびきこえたまひつるを、見たてまつりおく悲しびをなむ、かへすがへすのたまひける。（桐壺三七頁）

母親のおもかげの記憶がない少年にとって、祖母の向こう側に母親の姿をも見ていたであろうから、祖母その人の死と、その人が揺曳させていた母親の姿と、二重の喪失であるといってもよかろう。しかも、前々年の第一皇子立坊により、愛孫に皇位継承の可能性がなくなった失望もあって、[11]「おはすらむところにだに尋ねゆかむと願ひたまひし」結果の死であったということが、六歳の少年にぼんやりとでも分かっていたら、祖母もまた母の所へ行ってしまったという思いが強かったに違いない。

喪失を繰り返す光源氏の前に、姿を現したのが藤壺宮である。祖母の死から数年後の事である。読書始め、高麗の相人の観相などが、七歳のことであるから、藤壺の情報が「先帝の御時の人」である「典侍」によってもたらされたのは、光源氏八、九歳頃であっただろうか。

「亡せたまひにし御息所の御容貌に似たまへる人を、三代の宮仕に伝はりぬるに、え見たてまつりつけぬを、后の宮の姫君こそいとようおぼえて生ひ出でさせたまへりけれ」（桐壺四二頁）

これを受けて桐壺帝は「まことにやと御心とまりて、ねむごろに」入内を要請したのであるが、姫宮の母后が、弘徽殿女御の存在などを気にして、話が進まない。その後、反対派であった母后の死により、状況が変化し、藤壺が桐壺帝の後宮に入ることになるが、服喪期間などを考えれば、それは光源氏十歳ぐらいのことになろう。少年はたちまち、この女性に母親にも似た憧れを持つようになる。

猶、物語の記事を時間軸に還元させる年立読みに固執することには、いささか異論もあるかもしれないが、高校生に分かりやすく説明するためには、可能な限り時間軸を整えてやることが必要であろう。

母御息所も、影だにおぼえたまはぬを、「いとよう似たまへり」と典侍の聞こえけるを、若き御心地にいとあはれと思ひきこえたまひて、常に参らまほしく、なづさひ見たてまつらばやとおぼえたまふ。上も、限りなき御思ひどちにて、「な疎みたまひそ。あやしくよそへきこえつべき心地なんする。なめしと思さで、らうたくしたまへ。つらつき、まみなどはいとよう似たりしゆゑ、かよひて見えたまふも似げなからずなむ」など聞こえつけたまへれば、幼ごこちにも、はかなき花、紅葉につけても心ざしを見えたてまつる。こよなう心寄せきこえたまへれば（桐壺四三頁）

母親のおもかげを知らぬ光源氏は、子供心にも藤壺宮を慕うようになる。「常に参らまほしく、なづさひ見たてまつらばやとおぼえたまふ」という表現は、そうした心情を余すところなく伝えている。引用文末尾の「幼ごこちにも、はかなき花、紅葉につけても心ざしを見えたてまつる」というあたりに、少年のいじらしさが見られる。

しかし、そうした至福の時間は長くは続かなかった。

光源氏は、十二歳で元服、同時に左大臣家の葵の上と結婚することになる。葵の上は四歳年上でもあり、最初からあまりしっくりとはいかない。葵の上への軽い失望は、相対的に、藤壺宮の姿をますます理想的なものとして、光源氏の心中に固定する。もちろん、藤壺への思いがあるからこそ、葵の上に飽き足らないものを感じるのであるが。

一方で、元服後、藤壺宮から一定の距離を置かれたことは、藤壺への思慕の念を、これまで以上に強固なものとすることになる。失われた少年時代、ちょっとした花や紅葉を持っていって藤壺に喜んで貰っていた至福の時間の記憶が、藤壺への傾斜を一層強くするのである。取り戻したい失った時間、取り戻すことのできない失った時間への思いが、光源氏の心を支配していく。

こうした思いを何年間も抱いた後、北山で、藤壺の姿を写したような少女に出会うのである。光源氏のそれまでの人生を辿ることによって、初めて「さるは、限りなう心をつくしきこゆる人に、いとよう似たてまつれるが、まもらるるなりけり、と思ふにも涙ぞ落つる」という部分を、教材として、正確に理解させることができよう。

三　少女は尼君の娘か孫か

さて、前節で、北山の段の文章を引用した時に、雀の子が逃げたと泣いてきた女の子と、その子をたしなめている尼君との関係を、光源氏がどのように考えているか、注意を要すると述べたが、その問題について考えてみよう。

まず、「なかに、十ばかりやあらむと見えて、白き衣、山吹などのなえたる着て、走り来たる女子……、なにごとぞや。童べと腹だちたまへるか、とて、尼君の見あげたるに、少しおぼえたるところあれば、子なめりと見たまふ」の部分については問題はないだろう。外見の相似から、光源氏は、この少女を尼君の「子なめり」と見ているのである。

問題となるのは、尼君が、少女の髪をかきやりながら、年齢の割に子どもっぽいところの残る少女を心配して、「故姫君は、十ばかりにて殿におくれたまひしほど、いみじうものは思ひ知りたまへりしぞかし」と言っている部分である。小柴垣の外で垣間見をしている光源氏の耳にもこの言葉は当然入っていると考えなければならない。そう考えるのが、文学作品の約束事である。とすれば、この言葉から、光源氏がどのように考えたかをきちんと抑えておかなければならないであろう。実は、この箇所に対して、先ほど「子なめり」と思っていた光源氏は、少女を尼君の孫娘と認識し直したとする注釈書もあるのである。果たして、この部分だけから、少女を尼君の「子」ではなく「孫」であると認識することができるであろうか。

『源氏物語』のような、複雑な構成を持っている作品の注釈の場合、物語全体の構成や人物についての説明と、当該箇所の登場人物の心理や考えを分析する説明とが、混同しやすいものである。そのあたりを考慮に入れながら、この部分の注釈について鳥瞰してみよう。いささか迂遠ではあるが、注釈がどのように変化してきたかを見るために、現在の注釈書より少し古いものから始めてみよう。

まず、吉沢義則の『対校源氏物語新釈』であるが一七七頁の頭注で「故姫君」に「尼君の娘で紫の上の母」と。一七八頁の頭注で「殿」に「尼君の夫按察使大納言」と注する。(12)これは注釈者が、『源氏物語』の読者に対して、人物関係を説明しているものであり、光源氏がどのように考えたかと言うこととは全く無関係である。この部分に関しては、こうした注釈が一般的であったようで、同類の表現を持つ注釈書が後続する。

『対校源氏物語新釈』は戦前の刊行にかかるものであるが、戦後最初の注釈書である『日本古典全書』も同様の立場である。同シリーズ『源氏物語一』の二九六頁では、「故姫君」の頭注二四で「紫の上の母で、この尼君の娘」と記し、「殿」については頭注二五で「故姫君の父で尼君の夫按察使大納言」と記している。(13)

ついで、『日本古典文学大系』の『源氏物語一』の一八五頁では、頭注二五で「尼君の娘で、紫の上の母。故按察使大納言の女」と一括して述べている。(14)

こうした注釈は、『新潮日本古典集成』あたりまで続き、同シリーズ『源氏物語一』一九〇頁頭注一二で「故姫君」に「亡くなった姫君。尼君の娘。この少女の母」と記し、頭注一三で「殿」に「ここは、姫君の父、この尼君の夫」と記している。(15)これらはいずれも、物語の読者（今日の読者である）に対する説明であって、物語内の人物がこう受け取ったと言うことではないはずである。

すなわち、物語の中では、北山の尼君の「故姫君は、十ばかりにて殿におくれたまひし」という言葉を、小柴垣の外で聞いた光源氏が、ただちにそうした人間関係を理解できたという注釈ではない。たとえば、『新潮日本古典集成』が、この箇所の少し前「限りなう心をつくしきこゆる人に、いとよう似たてまつる」の頭注で「（前略）藤壺のこと。のちに、この少女は藤壺の姪に当たることが明らかになる」とするのが、登場人物の説明と、物語の当該部分から何が分かるかをきちんと弁別している。この部分ではまだ不明だが、「のちに……明らかになる」というのは、そういう注釈である。

ところが、近時の注釈書は、そのあたりを更に踏み込んで、次のように注釈を付している。

たとえば、二十世紀最後の注釈書と位置づけて良い、『新編日本古典文学全集』の『源氏物語一』では、同書二〇八頁の頭注四で「尼君の死んだ娘。兵部卿の宮の妻。紫の上の母。この「故姫君は」の言葉によって、源氏は少女の境遇を知るとともに、読者も初めてこれを知る。」と記している。(16)

ここでは、物語の人物解説に当たる「尼君の死んだ娘。兵部卿の宮の妻。紫の上の母」という部分が、そのまま光源氏の理解へと繋がってしまっている。「この「故姫君は」の言葉によって、源氏は少女の境遇を知る」とあるのであるが、果たして、これだけの断片的な言葉から、光源氏は「少女の境遇を知る」ことが可能であろうか。ここでは、光源氏はそうした突っ込んだ理解は不可能なのではないだろうか。尼君とこの少女との間に通じる、「故姫君」と「殿」の話として、その「故姫君」が「殿」と死別したのが十歳ぐらいのころという一般的な話として理解したのではないだろうか。ここで、「源氏は少女の境遇を知る」というのは早計に過ぎよう。読者の場合も同様で、予備知識を与えられない限り、「読者も初めてこれを知る」ことは不可能であろう。

光源氏は、最初に「子なめり」と想像したことを、「故姫君は、十ばかりにて殿におくれたまひし」という発言を聞いても、自身の考えを修正していないからこそ、その夜、北山の僧都と対面した時に「かの大納言の御むすめものしたまふと聞きたまへしは」と、当て推量で、切り出すのである。もちろんこれは「故姫君」ではなく、少女を「大納言の御むすめ」と想像してのことである。ちなみに、この部分、『新編日本古典文学全集』二一二頁頭注九では「源氏は例の少女を、尼君の娘であると思っているから、このように聞き尋ねる」と注する。この箇所の注釈としては正確であるが、「尼君の娘であると思っている」というのは、二〇八頁頭注四の「源氏は少女の境遇を（尼君の孫、故姫君の娘と、稿者補足）知る」という部分とは、矛盾を来すことになるのである。

『新編日本古典文学全集』と相前後して刊行された『新日本古典文学大系』も似た傾向にある[17]。まず「子なめりと見給」の部分で、一五七頁脚注二五で「尼君の娘であろうとご覧になる。源氏の判断はここでも誤ることになる。実際は祖母と娘の関係」と注するのは、作中人物の思惟と、物語の人物解説とを、同時に過不足なく説明し得ており、卓越した注であると言って良い。ところが、「故姫君は十ばかりにて殿にをくれ給ひしほど」の部分、一五九頁脚注一六では「……この会話から女の子は尼君の子でなく、母（姫君）は既に亡いことを源氏は知る」と、『新編日本古典文学全集』と同様の立場を取っている。従って、後続する部分と矛盾する注釈になるのも同じ傾向である。「かの大納言のみむすめものし給ふと」の部分、一六二頁脚注四では「……先に「子なめり（一五七頁）と判断したことを確かめたい」とあり、同頁「むすめただひとり侍し。亡せて」の脚注七では「……（尼君には）女子がたった一人ございました……。それはもう亡いというのだから源氏の推量ははずれたことになる」と記している。

いささか小さな事に拘泥しすぎた嫌いはあるが、北山の段がほとんどの高校生に読まれているとすれば、これら最新の注釈書の与える影響もまた大きい。教師もまた、解釈を深めようとして、これらの注釈書を読み込むこともあるだろう。その場合、北山の僧都との対面の場面などは、教科書では省略されることもあるから、「故姫君は、十ばかりにて殿におくれたまひし」の部分だけを単独で参照することもある。そうすれば、新しい解釈として、光源氏はこの場面で事情を知ったという注釈のみに触れることになる。そうした利用のされ方が予想される以上、後続する部分の注釈との矛盾なども視野に入れて考えねばならないことを述べておく事も必要であろう。

おわりに

文学資料を教材として使用する場合、基本的に特定の部分を切り出して用いることになる。それは、高等学校の教科書の場合、最もあらわな形で現出する。翻って、大学で講義をする場合でも同様であるし、長期間にわたって一作品を講読するという贅沢な時間が与えられていても、特定の一時間は、特定の瞬間は、限定された部分に向き合うわけであるから、基本的に差異はない。

結局、部分が全体と対峙するような、講義や講読の在りようが求められているのであろう。その場合、全体的な理解が部分の解読に有効であるし、緻密な部分的解釈を積み上げて全体の構造が見えてくることは言うまでもない。

本稿では、この二点から、高等学校教科書の定番である『源氏物語』若紫巻の北山の段について考えてみた。

全体と部分を対応させて理解することは必要であるが、授業時間という制限された時間内であるので、光源氏の精神形成一点に絞って、藤壺思慕の背景について、必要最小限の出来事から説明しようと試みた。北山の少女に光源氏が傾斜していく過程としては、こののち紅葉賀巻などで葵の上とこの少女が常に対比されるように描かれていくことも述べるべきだが、恐らくそれらについては、補助資料などを配布して、より深い理解を希求する生徒などの自主的に読み取る、自学資料とすべきであろう。すべてを説明することが教育でもないはずである。

特定の部分を掘り下げることについては、「故姫君は、十ばかりにて殿におくれたまひしほど、いみじうものは思ひ知りたまへりしぞかし」の解釈の問題点を、剔抉してみた。この部分から、光源氏は北山の少女の境遇を正確に知ることができた、とする近時の注釈書もあるが、それは不可能であろう。これだけの短い表現から、後に明らかにされる事柄について先読みすることは適切でない。

登場人物はたとえ主人公であっても、作者のように物語内知識を知り尽くした全能の存在ではないという当たり前のことを、改めて確認しておくことも必要であろう。さいわい、北山の僧都との対話の場面で、これらの注釈書も正しい解釈をしているから、それらと相互参照をすることによって修正することができる。ただし、高校の教科書のように、特定の部分だけ切り出して講読される場合は、注釈書もその部分だけ参看することになるので、注意を要するのである。そうしたことを防ぐためには、少し古い注釈書から、通時的に検討してみることも有効であろう。従来の注釈の上に何が加えられたかを見ることによって、問題点を発見することは多いのである。

注

（1）瀬戸内寂聴訳『源氏物語』（講談社、一九九六〜九八年）、二十一世紀に入ってからは新装版、講談社文庫版も刊行されている。
（2）大塚ひかり訳『源氏物語』ちくま文庫、二〇〇八〜一〇年。
（3）林望訳『謹訳源氏物語』祥伝社、二〇一〇〜一三年、のち祥伝社文庫。
（4）中野幸一訳『正訳源氏物語』勉誠出版、二〇一五〜一七年。
（5）角田文代訳『源氏物語』（日本文学全集、四〜六巻）河出書房、二〇一七〜二〇年、のち河出文庫。
（6）秋山虔監修、週刊朝日百科、朝日新聞社。
（7）京都書房、二〇〇〇年一月刊、「京都書房国語シリーズ　九」。中河督裕は当時大阪府立四条畷高等学校国語科教諭、吉村裕美は当時大阪大学大学院文学研究科博士課程。
（8）同じ素材であっても、どの文章からどの文章までを採用するかは多少相違がある。同じ場面と認定するか否かで、これらの数字には多少誤差が生じる。以下同じ。
（9）近代文学に関しては、近時、石原千秋『教科書で出会った名作小説一〇〇』（新潮文庫、二〇二三年）という快著が刊行された。同じく石原『教科書の中の夏目漱石』（大修館書店、二〇二三年）は、教科書から広がる世界の豊穣さを提示しており、古典文学担当教員にも大いに参考になる。
（10）大島本（他に伏見天皇本）は「人なきに」の本文。大島本を底本とする新編全集だが、青表紙本の他の諸本によって「日のいと長きに」と校訂する。この箇所でも大島本本文を尊重する新潮社『日本古典集成』や岩波書店『新日本古典文学大系』は「人なきに」の本文を採用する。使用する教科書がどのテキストに拠っているかで本文が異なるから注意を要する。定家本若紫巻（『定家本源氏物語若紫』八木書店、二〇二〇年、として影印刊行）が発見された時、一部報道でこの箇所が定家本の新発見本文のように伝えられたのは誤り。新聞などを授業に用いる際も留意すべきである。

(11)　桐壺更衣が亡くなったころ、帝は「かくても、おのづから、若宮など生ひ出でたまはば、さるべきついでもありなむ」と、立坊をも示唆するような発言があった。娘を失い悲しみに沈む母への慰めであろうが、その言葉に希望を持ったとすれば、立坊の結果への失望は、一層大きかったであろう。
(12)　国書刊行会、一九七一年版による。
(13)　朝日新聞社、一九四六年十二月初版、一九八八年九月四八刷。『日本古典全書』の『源氏物語』の頭注が、刷によって微妙な相違があることについては、伊藤鉄也の発言がある（座談会「『源氏物語』本文研究の現状と課題」『國學院雑誌』二〇一二年二月号）。微妙な言い回しの問題を扱うため、（注14）以下の注釈書についても、何刷の本文によったかを明記した。
(14)　岩波書店、一九五八年一月初版、一九七九年七月二四刷。
(15)　新潮社、一九七六年初版。
(16)　小学館、一九九四年三月初版。猶、この注釈は、「新編」に到っての独自注ではない。新編の前身である『日本古典文学全集』からほぼ同じ形で見られる。ただ、微妙な表現の違いもあるので、一九七〇年初版、一九八二年十月の第一六刷を例で示しておく。二八二頁頭注四に「この「故姫君は…」の言葉によって、源氏は紫の上の境遇を知るとともに読者も初めてこれを知るのである」とあり、二八七頁頭注一三に「源氏は例の少女を、尼君の娘であると思っているから、このように聞き尋ねるのである」とある。
(17)　岩波書店、一九九三年一月初版、二〇〇一年四月四刷。

第四章　紫式部学会と雑誌『むらさき』

はじめに

本稿は、『女学生とジェンダー　女性教養誌『むらさき』を鏡として』のために書かれたものである。同書の副題にもあるように、女性教養誌としての雑誌『むらさき』（戦前のもの）の分析が支柱の一つであり、『むらさき』についても多方面から検討がなされるから、それらと重複しないように、母体となった紫式部学会、創刊の経緯、創刊時の混乱と歌舞伎上演中止事件、『むらさき』誌の核であった源氏物語講座等に絞って述べたものである。特に、谷崎源氏の藤壺関連部分削除に先行する問題として、源氏物語講座が自己規制を迫られていった過程については、重要な問題であるから、具体例を挙げつつ詳述した。

一　紫式部学会の設立

雑誌『むらさき』の創刊号（昭和九年五月一日発行）を見ると、表紙に「趣味と教養」の角書きで、紫式部学会会長藤村作の「むらさき」の題字を掲げ、最下部に「紫式部学会」と朱文字で印刷されている。書誌の確認のため、微細な表記の相違も記述すれば以下のごとくになる。「紫式部学会」の文字が朱文字であるのは一巻七号まで。一巻八号からは黒文字。二巻九号までこの表記が踏襲されるが、二巻一〇号からは「紫式部学会編輯」と変わる。刊行最終年の一一巻四号までこの形式が踏襲されるが、最後の五号、六号にはその文字が消えている。ちなみに角書きも、昭和十五年の七巻一一号から「日本的教養」と変わっている。このころには、ことさら「日本」を標榜することが求められたのであろう。発行所は「紫式部学会出版部」、住所は巌松堂書店幽学社内である。「紫式部学会出版部」名で発行されたのは二巻一〇号まで、一一号からは「学会」の名前が消え「むらさき出版部」となり、終刊号にいたる。ではその「紫式部学会」とはどのようなものか。雑誌『むらさき』に記述された文言から探っていく。

創刊号巻末の三頁分は「紫式部学会記事」に割かれており、「趣旨」「学会案内」に続けて、役員として、会長藤村作、講師久松潜一・池田亀鑑、理事兼「むらさき」編集委員栗山津禰ほか二名、幹事兼編集委員奥野昭子ほか七名、編集事務主任桜井安二、会員として賛助会員に青木久子ほか五名、昭和九年二月現在の通常会員・会友として一七一名の名前を挙げる。会員中には池田亀鑑の最良の協力者となる木田園子や女流書家鷹見乙女（芝香）[1]の名前も見られる。賛助会員と通常会員とは会費の相違によること、会員は女子に限られ、会友は男子を遇するために設けたこと、実費で雑誌のみ購読も可能であることなども記される。

趣旨には「紫式部は我が国古今闔秀作家の随一であり、其の作品源氏物語は独り我が国小説の巨擘たるのみならず世界最大最古の小説であり」と説き起こし、その専門の学会が存在しないことを遺憾として、「私共はこゝに紫式部学会を起して、我が国の持つ宝玉に益々光輝と栄誉とをあらしめると共に、我が文化の進歩と発揮とに貢献したい」と高らかに結んでいる。「学会案内」も、入会資格、入会方法、事務所所在地など全十項目からなるが、その第一項に「本会は紫式部の業績を追慕し、会員相互に日本文学を通じて国民としての教養を深め、併せて社会の是に関する知識と理解の増進普及を計るを以て目的といたします」とあり、設立の方向性は明確である。しかし肝腎の学会発足の時期や、その経緯については『むらさき』の創刊号ではまったく触れられていないのである。

ところで、『むらさき』には、二つの創刊号がある。最初にその存在に言及したのは、労作『雑誌『むらさき』戦前版戦後版総目次と総索引』（武蔵野書院、一九九三年）の作成に腐心した池田利夫の「もう一つの『むらさき』創刊号　―源氏物語劇上演禁止の波紋」である。(2) 上述した、通常の『むらさき』創刊号が、昭和九年四月一日印刷納本、五月一日発行であるのに対して、「創刊特輯号」と銘打っている別の一冊は、昭和九年一月十三日印刷、二月一日発行であり、創刊号に先だって刊行されている。創刊特輯号の内容については次節で再度言及するが、ここでは紫式部学会の沿革についてのみ述べる。

創刊特輯号の三九～四二頁が「紫式部学会会報」であるが、四三頁「『むらさき』創刊記念懸賞募集」、四四～四五頁「紫式部学会講座会員募集」、四六～四七頁「『むらさき』第二号予告」であり、これらの部分全体が紫式部学会の彙報に当たる。なかで注目すべきは「会報」の部分である。「会報」は、「沿革」「設立の趣旨」「会則」の三部構成である。「趣旨」は前記「創刊号」のものとほぼ一致する。「会則」は同じく「会員案内」にあたるが、「会則」と名乗っている分、こちらの方が形が整っている。最初に「名称」として「本学会は紫式部学会と称す」とし、次いで「目的」「事業」「会員」などに分けて整然と述べられる。「目的」は「学会案内」の第一項とほぼ同文である。ただし「会員互いに日本文学上の知識を涵養し併せて社会のこれに関する知識の増進普及を計る」とあり、『創刊号』の「国民としての教養」の文言は含まれていない。

この「会報」の冒頭に据えられた「沿革」の部分は、紫式部学会の発足から『むらさき』発行に至る過程を極めて正確且つ克明に記している。創立は昭和七年五月（日付は未記載）。六月四日に四五〇名を集めて帝国教育会館にて創立発表会、藤村作・久松潜一・池田亀鑑・沼澤龍雄の講演。六月十一日から初年度の講座を開始（八年三月十一日まで）、久松の万葉集、池田の源氏物語、藤村の日本永代蔵。七月九日に藤村作を会長に推薦。十一月十九日、二十日の東京帝大の源氏物語に関する展覧会を後援。八年四月十五日から、新年度講座、池田の源氏物語、藤村の日本永代蔵。他に理事会、忘年会、三条西公正の講義、講読作品の変更など、日付入りで詳細に記されている。この記事に、紫式部学会理事栗山津禰の回想『紫式部学会と私』(3)で肉付けをすることによって、さらにその背景が分かる。

栗山津禰は、昭和五年から、女子高等教育の充実のために、母校東洋大学で国語国文講座を開催した。二年目の予定であった源氏物語講座を要望する声が高く、島津久基を講師として前倒しで開催。

好評であったが島津の病気のため休会がちになり、島津との間で運営上のトラブルもあったので、藤村作に相談、藤村の推挽で池田亀鑑が講座を担当するようになった（この間の経緯は複雑な人間関係もあり、直接栗山著書を参看されることを強く希望する）。相前後して、栗山の私的な運営の形では大学との関係上困難になり、池田に相談すると「紫式部学会という名にして、左の趣旨で始めるよう」助言を得たのである。「左の趣旨」とは実際に『むらさき』誌に掲載されたものとほぼ完全に一致する。こうした経緯で紫式部学会は発足したのである。

二　源氏物語上演中止事件

紫式部学会発足の翌年、昭和七年には六代目坂東簑助（のちの八代目三津五郎）の新劇場が第三回の公演として源氏物語の上演を企画し研究を続けていた。『むらさき』創刊特輯号によれば、八年春には、紫式部学会が「日本文学普及上に、日本文化宣揚上に、又現代劇団開拓上に、甚だ意義ある、有益なる企て」として、これを後援することを決定、「原典に関する学術的指導」などを行っている。坂東簑助は、上演に先立って「吾々に取つて最も大きな幸せであつたことは、紫式部学会の諸先生方や、松岡映丘先生、安田靫彦先生等の、御後援、御指導を願へることの出来たことです」と述べている(4)。こうした支援を得て番匠谷英一の脚本により、青柳信雄演出の六幕一七場で、十一月二十七日から三十日まで、昼夜二回公演昼二時夜七時、入場料は二円・一円・五拾銭、で新歌舞伎座にて上演の予定であった(5)。ところが、警視庁に検閲を出願した結果、上演不許可の通告を受けたのである。十一月十八日に内示があり、折衝を重ねたが、二十二日正式に不許可の発表があった。公演が目睫に迫り、切符のほとんどが販売されていたこともあり大混乱に陥った。新聞各紙はこの問題を取り上げ、『東京日日新聞』二十三日朝刊には「上演期日を目前に「源氏物語」禁止さる　紫式部学会の苦心も水泡　阻まれた古典の劇化」との見出しが見られる。その後、新劇場側は、改定脚本を十二月五日に提出、上演の可能性を必死に模索したが、九日に再度却下され、万策尽きたのであった。この問題については、すでに研究の蓄積もあり、関連資料が『批評集成　源氏物語』第五巻戦時下編（ゆまに書房、一九九九年）に網羅されているので、以下『むらさき』誌との関連についてのみ述べる。

もう一つの創刊号、すなわち創刊特輯号は「源氏物語劇の解説と報告」と銘打たれており、上演中止を受けて発行されたものである。口絵に都新聞社写真部撮影の「新劇場主催　源氏物語劇服飾調度陳列会」の写真を掲げ「源氏物語劇化上演後援顚末報告」「源氏物語劇化の梗概と配役」「再訂脚本の梗概」「劇中に現はれる主要なる服飾の解説」「劇中に現はれる主要なる調度の解説」で、この雑誌の和文全四八頁の三八頁を占めている。「顚末報告」は学会として後援をしていた以上、会員に対する説明の義務ありとして書かれたもの。「梗概と配役」や「服飾」「調度」の解説は、劇が上演された場合の原稿であっただろう。前掲書の栗山の証言によれば、紫式部学会としては「筋書を書いた雑誌を発行しようとしたのが、殆んどできかけて駄目になったので、禁止後の後始末として、一部の原稿を出版」したものであるという。中止の「顚末報告」と、上演の際の「梗概」や「解説」が共存しているのはそうした事情だったのである。「むらさき」の命名者は会長で、池田亀鑑の骨折りで「巌松堂書店に、紫式部学会編集として発行させた」とも述べている。この冊子を契機として定期刊行物としての「むらさき」が浮上したのであり、創刊特輯号には「むらさき　第二号　予告」が掲載されている。その後、刊行物の体裁を整え、創刊特輯号の三か月後に、第二号として計画されていたものを、改めて『むらさき』創刊号として刊行するのである。

創刊特輯号には、幻に終わった源氏物語劇の配役が掲載されている。上述した『批評集成』には再録されておらず、これらの人々が戦争を挟んで源氏物語とどう関わっているかを簡単に見ておく。

新劇場の代表であり、光源氏役の六代目坂東簑助は関西歌舞伎に移っていたため、昭和二十六年三月の菊五郎劇団の源氏物語には参加していない。同年八月、創刊から二号目の関西歌舞伎の機関誌的存在であった『舞台展望』(6)四二頁に「『源氏物語』と私」の一文を寄せ「この間東京で『源氏物語』が上演されましたが、私にとつてはこの『源氏物語』の上演こそ、出来るべくして出来なかつた終生の恨事ともいふべきものなので一しほ感慨ふかいものがあります」と書き起こし、中止となったことについては「当時抗ふことが出来ないのですから涙をのんであきらめました」と述べ、『源氏物語』や『なよたけ抄』『少将滋幹の母』などが「近頃よく上演されるのはいゝ傾向で、もつと勉強していつの日にかの上演に備へたいと思つてゐます」と結んでいる。時代に先駆けすぎた悲劇であろうか、無念の思いがあったに違いない。ようやく、同年十一月大阪歌舞伎座の公演において『源氏物語』が上演されるが、光源氏は市川寿海が演じて、坂東簑助は海龍王を演じている。まだ八代目三津五郎を襲名する前のことである。(7)空蟬役の二代目坂東鶴之助も四代目中村富十郎を襲名して関西歌舞伎に転じていたから、同じく大阪歌舞伎座で参加、桐壺更衣や藤壺女御を演じている。頭中将役の市川段四郎は三月の源氏物語初演から参加して、惟光や鬚黒などを勤めている。新劇場で惟光役を予定されていた五代目片岡十蔵は五代目市蔵として左中弁などを勤めている。朧月夜の片岡ひとしは、五代目片岡芦燕として二十七年五月歌舞伎座で侍女右近、二十九年五月には紫の上を勤めている。坂東簑助は、新劇場ののち、片岡ひとしや九代目市川高麗蔵らと共に東宝劇団に移るが、高麗蔵が九代目海老蔵を襲名後(8)、戦後歌舞伎で光源氏で人気を博したのは周知のことである。源氏物語上演中止事件はこれらの人々の人生も翻弄したと言えようか。

猶、新劇場のために準備された衣装や調度類にせめて日の目を見せてやろうとの思いであったろうか、昭和九年一月には、銀座の松屋百貨店八階で源氏物語展覧会が行われ、衣装類も展示されている。展覧会の日時は、『読売新聞』などの記事に拠れば一月九日から三十日まであるが、松屋の文化事業の顧問であった正木直彦の日記『十三松堂日記』(9)によれば、前年末の十二月二十六日には準備が整い内見もおこなわれている。この時の解説目録には藤村作も文章を寄せ、文献資料の大部分は池田亀鑑の所蔵品であったから、紫式部学会も裏でこの展覧会を支えていたと言って良かろう。猶、この展覧会に関しては、小冊子『源氏物語展覧会目録』が作成されており、展覧資料の所蔵者などの重要情報が満載である(10)。

三　源氏物語講座と『むらさき』の終焉

雑誌『むらさき』には様々な記事が掲載されているが、紫式部学会との関係において最も重視すべきものは、源氏物語講座である。源氏物語講義、源氏物語鑑賞、源氏物語新講等々、名称を変えつつ第一巻から第一一巻まで、僅かの休載号はあるが、紫式部学会や編集部の名前の下に連載された。『むらさき』を代表する連載記事である。

源氏物語講座の第一回は、「特別講座　源氏物語講義　桐壺の巻」（目次による。本文の見出しは「特別附録　源氏物語講義」）として第一巻六号（十月号）から開始、十一月のみ休載（編集後記によれば池田の病気のため）だが、以降第二巻五号まで七回で完結する。二巻一号の桐壺第三回から「特別講座」「特別附録」の文字が消える。目次では一貫して講座名の下に「紫式部学会」と記し、本文見出しの下には「紫式部学会講座速記」と記される。実際の講座は池田亀鑑によるものだが、同時掲載の清少納言枕草子講座が池田の名前を出すのとは対照的である。西鶴五人女講義が藤村作の名で、万葉集秀歌鑑賞講座が久松潜一の名で連載されているのと比べてみても、その差は明瞭である。島津久基との関係もあり、池田が名前を出すのを控えた可能性もあろうが、結果的には紫式部学会の看板講座であることを内外に示すこととなった。

この源氏物語講座に関しては、小嶋菜温子「戦時下の『源氏物語』学　―紫式部学会誌『むらさき』を読む」（『源氏物語の性と生誕』立教大学出版会、二〇〇〇年）が、若紫巻から玉鬘巻に飛び、「皇統譜の乱倫に触れる、不義の皇子の誕生を描く」紅葉賀巻を割愛しているという重要な指摘がある。ただ、十五年戦争下にあり、源氏物語劇上演中止事件を受けて、研究者も様々な形で自己規制を強いられていることは、紅葉賀巻の省略以外にも多くの箇所に見出される。それらについて補っておきたい。

最も分かりやすいのは、若紫巻の光源氏と藤壺の逢瀬の場面である。昭和十一年の第三巻第一〇号一五六頁一行目の「藤壺の宮、なやみ給ふことありてまかで給へり」以下全頁分の本文に対して「此段都合により通釈を省略す」とあるのである。旧訳の谷崎源氏の第一回配本として、藤壺との逢瀬の部分を完全に削除した若紫巻が刊行されるのは昭和十四年一月のこと、それに先立つこと二年三か月、すでに同じ傾向は顕著であったのである。この講座では、原文だけはまだ掲出可能だったが、通釈の方はすでに文章化することがはばかられていたのである。谷崎源氏の問題は、十五年戦争下における源氏物語の受難の象徴のように言われるが、『むらさき』の源氏物語講座の問題なども看過してはならないだろう。

同じく若紫巻の藤壺懐妊の場面でも、通釈の一部が削られている。「あさましき御宿世のほど心憂し」の箇所が慎重に中略され、光源氏が夢合わせをして藤壺が身籠もっているのを自分の子供であると確信する場面は、原文で七行ほどまとめて「以下都合により通釈を省略す」とある。こうした若紫巻の削除はある程度予想可能なものであるが、講座を子細に見ていくと、同様の箇所は他にも指摘できる。実は、通釈文を表に出す際の自己規制は、実に桐壺巻の段階から既に見出されるのである。

桐壺巻講座の最終回、二巻五号の第七回の講座の例を挙げる。原文は「心のうちには、ただ藤壺の御有様をたぐひなしと思ひ聞えて、さやうならむ人をこそ見め、似る人もなくおはしけるかな、大殿の君、いとをかしげにかしづかれたる人とは見ゆれど、心にもつかず覚え給ひて、をさなき程の御ひとへ心にかかりて、いと苦しきまでぞおはしける」とある。この部分の通釈が「御心の中には、只管藤壺の御有様を無類だとお思ひ申し上げて（中略）似寄る人もない程でいらつしやることよ、左大臣殿の姫君は大層美しく大切にされてゐる人とは思はれるけれど、どうもしつくりとせずお思ひになつて、幼少のころの単純な御一筋心に（下略）」となされている。僅か一二〇字余の短い原文の中から、藤壺に対する光源氏の思慕の情が、慎重に削られているのである。若紫巻や紅葉賀巻の淵源となる光源氏の恋慕の兆しが見られるからである。四年後の谷崎源氏の方では、「藤壺のおんありさまを世にたぐひないものと存じ上げて、ほんに、妻にするならあゝ云ふお方でなければならない、さてもく似る人もなくおはしますことよ」と、当該箇所も巧に訳出されている。筆一本で立つ谷崎潤一郎に対して、組織の人池田亀鑑としては、大学や紫式部学会や雑誌『むらさき』などに与える影響を考えて一層慎重に、一層臆病にならざるを得なかったのであろう。

さて、この時代の源氏物語への圧力については、谷崎源氏の藤壺のくだりの省略や、橘純一「源氏物語は大不敬の書」山田孝雄「皇統を乱す」等の発言を重視して、皇室紊乱に関わる部分が論じられることが多いが、時代が強いた自己規制はそれだけではない。帚木巻について見てみよう。

帚木巻の講座は、第二巻六号に第一回、一一号の第五回までである。号数と回数が合わないのは休載があるのではない。三回目の八号が「第二回」と誤記され、九号以降この数字が踏襲されるから、実際には六回の連載である。一一号の第五回（実質第六回）では、雨夜の品定めの最後の部分「はて〳〵はあやしき事どもになりて、明し給ひつ」で終わっている。この後の帚木巻後半と空蝉巻は省略されて、次号一二号からは、夕顔巻に移っている。そのことは、一一号の講座巻末に「附記」として六行あまりの説明がなされて「中川の宿の部分は大切な部分ですが、内容をそのまゝ現代語訳にすることは、この雑誌の性質上遠慮しておきたいと思ひます」などと記されている。もちろん、光源氏と空蟬・軒端の荻との出逢いを扱う部分を避けたのである。内務省図書検閲課が婦人雑誌などの代表者を呼び、婦人の貞操軽視、姦通などを興味本位に扱ったものなど、数項目の禁止事項を申し渡したのは昭和十三年のことであるが、世の中の空気はいち早くそれを感じ取って、自主規制へと動いていたのである。[11]皇室紊乱の問題は最も大きな壁となって源氏物語の前に立ちはだかったのであるが、それ以外にも、大小の障害が、源氏物語や紫式部学会を重苦しく取り囲んでいたのであった。

猶、若紫巻の後、玉鬘巻が選ばれた理由は、池田亀鑑の二種類の講座に理由があろう。紫式部学会発足当時、池田は毎月第四日曜の源氏物語特別講座（学士会館）と毎週土曜日の源氏物語講座（東京家政学院）を並行していた。前者は桐壺巻から、後者は玉鬘巻から（一巻二号の案内）であったのである。緊急避難として玉鬘巻が選ばれる必然性があった。玉鬘の後は宇治十帖を概観し、その後形式を変え、源氏物語鑑賞として、紫の上・末摘花・葵の上・明石の上・雲居雁・藤原の瑠璃君（玉鬘）・真木柱の君と第一部の女性たちを取り上げる。その後、源氏物語新講として通釈・選釈方式に戻って若菜・柏木を講じ、東屋巻に飛び以降頭注形式となり、一一巻二号に夢浮橋巻の大尾まで辿り着いたのは、『むらさき』終刊の四か月前のことである。

六月の終刊号では巻頭に、むらさき編集部の名前で「新雑誌『藝苑』の構想と出発に際して」を掲げ、「『むらさき』は……誌名を『藝苑』と改め……再出発」すると述べる。一方で巻末には、紫式部学会名義の「光輝ある使命を果たして」の文章があり、新雑誌では「編集組織も従来のような本会単独の立場から離れ」「本会としては……自発的に編集の陣営から退きたい」と記されている。後継誌『藝苑』は、「『むらさき』を主体とし」（創刊にあたりて）「前身『むらさき』の精神を体し」（編集後記）と述べられており、引き続き今井邦子が読者短歌の選に当たり、『むらさき』末期の『紫式部日記』共同研究者浜中貞子・前田善子などが古典研究の文章を寄せるなど、継続性は皆無ではないが、もはや紫式部学会の姿をそこに見ることはできないのである。

おわりに

紫式部学会は、栗山津禰らの尽力によって、昭和七年五月に発足（発足発表会は六月）、その機関誌として雑誌『むらさき』が発行されたのは、ちょうど二年後の昭和九年五月のことである。この間に、昭和八年十一月の新劇場の源氏物語上演中止事件があり、その余波で、準備されていた創刊号とは別に、もう一種類「創刊特輯号」というものが刊行された。創刊号を準備する段階で、第二号を源氏物語上演特集に使用との考えであったが、中止を受けて、関係資料を急遽「創刊特輯号」として刊行したのである。奥付は、創刊号より早い、九年二月となっている。この混乱が象徴するように、十五年戦争下で、文化や文学が翻弄されるただ中に、この雑誌は船出した。源氏物語の講座の連載も、帚木巻後半を掲載することができず、光源氏の藤壺への思いも削られることとなる。「趣味と教養」の雑誌も、途中から「日本的教養」へと、愛国的雑誌の方向へと押し流されてゆき、雑誌統合の波の中に飲み込まれて消えていった。再刊されるのは、敗戦という形で、文化抑圧に狂奔した過去を一旦忘れることのできた、戦後を待たなければならない。

注

（1）池田亀鑑から鷹見芝香に謹呈された『校異源氏物語』が現存する。限定番号六八番。田坂「『校異源氏』成立前後のこと」（『源氏物語の政治と人間』慶應義塾大学出版会、二〇一七年）参照。

（2）『源氏物語回廊』笠間書院、二〇〇九年、所収。初出は、戦後版の『むらさき』三一輯、一九九四年十二月。

（3）『紫式部学会と私』は表現社から一九五九年に刊行。一九八八年に大空社『伝記叢書』第六〇巻に版面複製で復刊。

（4）「源氏物語の上演に直面して」（『文芸』一巻二号、一九三三年十二月）。猶、前月に創刊された改造社の『文芸』は、当該号が二号目。その本誌のおよそ四分の一（一六二頁～二一〇頁）を「源氏物語―新劇場上演台本―」のために割いている。編集後記では、この上演を「世界的壮挙」とした上で、「本誌はあらゆる犠牲を払つて、この百三〇枚の大作を載せた。文化のため大きな貢献をなすことと信じて疑はない」と述べている。また、坂東蓑助の発言の前頁には斎藤清衛「源氏物語の脚色について」の一文もある。

（5）たとえば、『芸術殿』（国劇向上会、三巻一二号、一九三三年十二月）三六頁には詳細な広告が出ている。猶、演出の青柳信雄は坂東簑助の実兄でもある。

（6）権藤芳一『上方歌舞伎の風景』（和泉書院、二〇〇五年）は、この雑誌を大阪松竹の白井信次郎が「関西歌舞伎の機関誌に……とねがっていたのではないだろうか」としている。

（7）源氏物語上演中止事件に関する坂東簑助の発言は、三津五郎時代の「回想・受難の『源氏物語』」（『演劇界』三二巻四号一九七四年四月）が引用されることが多いが、一九五一年、戦後最初に『源氏物語』が上演された折の『舞台展望』の記事を掲出すべきであろう。

（8）昭和十五（一九四〇）年二月、七代目松本幸四郎が長男の市川高麗蔵の法定推定相続人廃除を申請、四月、市川三升の養子となり、五月歌舞伎座にて襲名披露興行。

（9）『十三松堂日記』第三巻、中央公論美術出版、一九六六年。

（10）田坂「大島本源氏物語の転変　―展覧会目録を中心に―」（『源氏物語享受史論考』風間書房、二〇〇九年）参照。

（11）その前年、昭和十二（一九三七）年に、流行作家岡田三郎が、銀座のカフェの江尻のぶ子と逃避行をしたことが『都新聞』ほかで烈しく糾弾されたことはその象徴的出来事であった（吉野孝雄『文学報国会の時代』河出書房、二〇〇八年）。そうした空気の中で、雑誌『むらさき』は発行を続けていたのである。

第五章　戦後の与謝野源氏と谷崎源氏

——出版文化史の観点から——

はじめに

『源氏物語』の現代語訳の代表格として、与謝野晶子と谷崎潤一郎のものがある。多数の現代語訳の中でとりわけこの二人に着目するのは、この両者に共通するものが三点あるからである。一は、訳文そのものが個性的かつ卓抜であること、二は、複数回現代語訳に挑んでいること、三は、現代語訳の刊行が出版文化の状況と連動していることである。

本稿の目的は、二人の現代語訳の刊行状況を出版文化史と関連させて読み解くことにある。与謝野晶子の現代語訳作業は明治末年刊行の『新訳源氏物語』から昭和十年代の『新新訳源氏物語』までであり、谷崎潤一郎の現代語訳は昭和十年代の最初の訳出から、二十年代、三十年代の刊行と、時期的にずれが見られる。しかし、晶子の没後も与謝野源氏は複数の出版社から刊行され、それは戦後の谷崎源氏の出版と雁行する。与謝野源氏と谷崎源氏が本格的なライバルとなるのは、実は晶子の没後、昭和二十年代から四十年代にかけてなのである。ロングセラーとなった二人の現代語訳の出版物を比較検討することによって、出版文化史に一つの光をあてることができるのではないかと考えるものである。

具体的に俎上に載せるのは、与謝野源氏のうちの『新新訳源氏物語』と、谷崎潤一郎の三種類の訳である。(1) 二人の現代語訳については以下のような名称を用いることが多い。与謝野源氏の二回目の現代語訳を『新新訳』、谷崎の一回目の訳を『旧訳』、二回目の訳を『新訳元版』『新訳限定愛蔵版』『新訳普及版』等々、三回目の訳を『新々訳元版』『新々訳新書版』等々。谷崎の『旧訳』という名称は書物自体には記載されていないが対立概念を明確にするために、戦後の二種類の訳は異装版が多いので、このように表記した。与謝野晶子『新新訳』、谷崎潤一郎『新々訳』は原本通りの表記に従った。

一　昭和十四年　因縁の始まり

昭和十三（一九三八）年十月二十一日、金尾文淵堂から与謝野晶子の『新新訳源氏物語』第一巻が刊行された。四六判上製箱入りで、第一巻は桐壺から葵巻まで。(2) 今日最も一般的に与謝野源氏と呼ばれるものの誕生である。かつての『新訳』に見られた自由闊達な訳は影を潜め、原文に比較的忠実な訳文である。注目すべきはその造本で、装丁及び口絵（紅葉賀）が正宗得三郎、各巻巻頭に晶子の源氏物語礼賛和歌色紙の書影が掲げられ、箱のデザインと揃えた検印紙にするなど、様々な工夫は見られるが、かつての美麗きわまりない『新訳源氏物語』初版に比べると、地味な装丁であることは否めない。『新訳』初版は菊判の重厚な本、中澤弘光の美麗な木版画が各巻巻頭に挿入され、洒脱な手に取るのが心躍るような箱、表から裏へと一幅の日本画が続き屏風のように立てて見たくなる表紙、各巻の特性を一目で示す源氏香図を模したデザイン性豊かな見返しと、書物が一つの美術品とでも言うべきものであった。これに対して『新新訳源氏物語』は、当時の金尾文淵堂の置かれている立場や晶子に残された時間を考えれば、刊行すること自体を最優先としたのかもしれない。慌ただしい出版であったのは、巻末の刊行案内の文章に「全八巻」と記されていることからも推測される。(3)『新新訳』の第一巻は巻末に、「新新訳源氏物語　全八巻　第二巻（十一月三日発行）」として賢木巻〜朝顔巻の収載巻名を列挙し「装幀及び口絵（花散里）　正宗得三郎氏」と次回の案内を載せている。奇異なのは「全八巻」という記述である。巻の分量の多寡はあるとしても全五十四巻のうち二十巻までを二分冊目で終わるペースでは、「全八巻」という構成は不可能であろう。十四年二月刊行の第四分冊の巻末でも、次回配本が第四十八巻の早蕨巻までを含むとしながらも「全八巻」という記述は継承されている。さすがに六月発行の第五分冊では、次巻で完結することは明白であるから「全六巻」と修正されている。こうした誤謬ですら長期間修正されなかったことに『新新訳源氏物語』を取り巻く状況が凝縮されていると言えよう。(4)

分冊数誤表記の問題以上に重要なのは、二種類の外箱の問題である。外箱には、箱の平に桐壺・帚木などの所収巻名が印刷されかつ通巻数がないものと、巻名がなく第一巻・第二巻などの通巻数があるものと二種類ある。第四分冊までは上記の二種類があるが、最後の二分冊は所収巻名なしに統一される。両者を子細に比べると、巻名のある方は、牛車から顔を覗かせている男性貴族（光源氏のイメージであろう）の顔が箱背の左側、箱全体としては裏側にある。巻名のない方は男の顔が表側である。デザイン性から考えて人物の顔のある方を表にすべきである。第四分冊の後にそのことに気づき新しい箱が作られ、在庫のものは第一巻から差し替えられたが、すでに流通したものもあったのだろう。こうして第四分冊までは二種類の箱が現存するのである。このことも慌ただしい出発であったことを裏付ける証左である。地味な造本といい、与謝野晶子の決定訳となった『新新訳源氏物語』は決して恵まれた形で世に送り出されたのではなかったのである。それまでの『新訳源氏物語』が時に判型を変え、時に出版社を変え、時に分冊を変え、様々な異版を生み出しつつ長く愛読された(5)のとは対照的に、『新新訳源氏物語』は多くの読者を獲得するには至らなかったのではないだろうか。『新新訳』の側の問題に加えて、巨大な競争相手がその偉容を現し始めていたからである。

それは、谷崎潤一郎が長期の時間をかけて訳業に取り組み、時代の寵児山田孝雄の校閲を経て、長野草風の下絵をはじめ贅を尽くした造本の美を身にまとい、学者文化人をずらりと並べた月報を挟み、出版に合わせての講演会(6)を始めとする中央公論社の総力を挙げての広報活動の支援も得て、この世に送り出された谷崎潤一郎訳の源氏物語、いわゆる『旧訳源氏物語』である。それはまるで谷崎源氏工房か、谷崎源氏工場とも称すべきものであった。もちろん中核をなすのは、谷崎自身の身を削るような訳業であるに違いないのだが、ここまで全面的な応援を得た谷崎源氏に比べれば、与謝野晶子の『新新訳』は徒手空拳の営みであったかに見える。

この『旧訳』の谷崎源氏は、普及版と一千部限定の愛蔵版との二本立てであった。愛蔵版は全巻に鳥の子紙を使用する贅沢な造本であるが、普及版も本文はコットン紙だが序・例言・総目録に鳥の子紙を使用し高級感を出している。表紙は愛蔵版が銀鼠地花襷模様木版雲母刷で普及版が濃緑地花襷模様である。ゆったりと組まれた香気ある訳文の下には、各巻ごとに異なる下絵が透けて見える。桐壺巻なら生い茂る薄や小萩、帚木巻なら厨子、空蟬巻なら碁盤、夕顔巻なら夕顔の垣根と、各巻の内容を象徴する図案が、本文の読解の邪魔にならないように、控えめに文字の下から姿を覗かせている。全二六冊で、源氏物語の本文が二三冊、和歌講義二分冊、梗概系図等一冊の余裕ある分冊である。頒価は普及版が一冊一円計二十六円。晶子の『新新訳』が六分冊各巻二円計十二円と比べて割高であるが、金額の差を問題にしない造本の美しさであった。

配本は、二分冊をまとめて一回に配本する形で、第一回は、巻一桐壺・帚木・空蟬、巻二夕顔・若紫で、十四年一月に華々しくスタートした。晶子の新新訳はすでに半分を刊行しているが、強大な谷崎源氏は悠揚迫らずゆっくりと動き始めた。次回配本が四月とやや時間をおいたのはこの重厚な企画が浸透するのに寄与したかもしれない。その後は六月七月八月十月十二月と年内に七回配本、巻十四柏木・横笛・鈴虫まで順調に刊行している。十六年七月に最終回配本、約二年半で完結。月報『源氏物語研究』は池田亀鑑、窪田空穂、舟橋聖一など毎号充実した執筆陣、月報のタイトルの下に記される『源氏物語』に関する古今東西の至言も魅力的であった(7)。猶、月報には『校異源氏物語』の宣伝も見られ、それによれば索引篇の計画もあり、それは後年の『源氏物語大成』と大差ない内容で、かなり完成度の高いものであったことが推測される(8)。

普及版二十六円に対して、限定千部の愛蔵版の方は八十円とさらに高額であった。上述したごとく、料紙や装丁が普及版よりも良質であることと、谷崎潤一郎自筆署名の入った桐箱付ということで人気があったようだ。普及版の方も木箱を求める声が多く、八円の実費で頒布されたがこれもすぐに品切れになった。(9)普及版には谷崎の署名は入っていないが、安価であった普及版の木箱入りの方が今日では稀覯である。普及版と愛蔵版とでは様々な差異を明確にし、検印すらも、普及版が松の花押の印刷、愛蔵版が「松廼舎源氏」と区別しており、愛蔵版桐箱の署名の下の捺印は「松下童子」である。(10)

二　戦争を挟んで

谷崎潤一郎訳の影に霞んでしまった感のある与謝野晶子の『新新訳源氏物語』であるが、戦後いち早く多くの読者の手に届いたのは、こちらのほうであった。

戦前にM・ミッチェルの『風と共に去りぬ』を刊行した竹内道之助の三笠書房は外国文学の翻訳に強い出版社であり、戦後、いち早く『世界文学選書』の刊行を始めた。巻序は時代順や国別ではなく、第一巻から三巻までがドストエフスキー『悪霊』の三分冊、そして四巻から七巻までが与謝野晶子の『新新訳源氏物語』である。「世界文学」と銘打っているが、この中に『源氏物語』を投入したのである。『世界文学選書』に『源氏物語』を取り入れた三笠書房の先見性を評価すべきである。(11)『読売新聞』昭和二十四（一九四九）年七月三十一日朝刊広告には、看板商品の『風と共に去りぬ』と『源氏物語』の名前が並列されている。そこには「世界文学の至宝Ｇｅｎｊｉの現代語訳完成さる‼」と記されている。二十世紀のベストセラーと千年の生命を持つロングセラーの時空を越えての競演であると言えよう。戦後、『源氏物語』は、現代語訳が『日本文学全集』に組み込まれることで、より多くの読者を獲得していくが、さらに広げて一部の世界文学の全集にも含まれることがあり、その先駆的な試みとして注目される。

このシリーズで『源氏物語』は人気を博したようで、三笠書房では翌年には二分冊にまとめ上製箱入本で単独刊行する。戦後五年目とて挿絵も何もないものだが、それでも藤岡光一（竹内道之助の本名）自身が手を下した洒脱な装丁で、扉には与謝野晶子の筆蹟を使用している。上製本の次は手軽さを重視したコンパクトな三笠文庫全七分冊で、二十六年十月から翌年一月にかけて出版された。要するに二十四年から二十七年にかけて四六判並製（世界文学選書）、Ａ５判上製、文庫版と、立て続けに与謝野源氏は刊行されているのである。最後の文庫には、公開されたばかりの吉村公三郎監督の大映映画『源氏物語』の写真が口絵に付いている。二十六年には舟橋聖一脚色、谷崎潤一郎監修の歌舞伎の上演もあり、『源氏物語』の人気が沸騰した年である。

そしてその二十六年に、満を持していたように、谷崎源氏が新しい姿を現す。『新訳源氏物語』の登場である。昭和十四年からの旧訳が、様々な制約から、光源氏と藤壺との関係の部分を削除しなければならなかったことを受けて、全訳を意図したものである。谷崎自身は「あの翻訳が世に出た頃は、何分にも頑迷固陋な軍国思想の跋扈していた時代であったので」「分からずやの軍人共の忌避に触れないやうにするため、最小限度に於いて原作の筋を歪め、削り、ずらし、ぼかしなどせざるをえ」ず、しかもそれは「翻訳の業に従ひつつある前後五六年の間に、事変の様相が次第に深刻さを加へるにつれて」「最初に考へたよりも、より以上の削除や歪曲を施すことを余儀なくされた」ものであり、「源氏の翻訳を完全なものにしたい」という思いで新訳を世に送ると記している。谷崎のこの言をどう受け取るか議論のあるところであるが(12)、ともあれ、谷崎源氏の側も本格的に体制を整えてきたのである。

書名は、奥付には単に「源氏物語」とあるが、箱や表紙や背文字には「潤一郎新訳　源氏物語」と記される。多数の異装版が後続するから、区別のため『新訳元版』と呼ぶことにする。判型はA5判、貼箱入。全十二巻で、第一巻が昭和二十六年五月刊行、最終刊が二十九年十二月である。第十巻までが本文で、残り二巻が各巻細目、巻別系図などの付録である。装丁や地模様・題簽は前田青邨が担当した。旧訳の折の長野草風の地模様は五十四巻すべて異なるものであったが、今回は巻一の桐壺〜若紫巻が「秋草」、巻二の末摘花〜花散里巻が「火焔太鼓」、巻三の須磨〜松風巻が「浜辺松原」、巻四の薄雲〜胡蝶巻が「朝顔」というように一冊ごとに変わる形となった。総じて、旧訳に比べると地味な本作りである。その代わり「京大出の新進国学者、玉上琢彌、榎克朗、宮地裕三氏の協力を得」たと谷崎が記すように、文法上・解釈上極めて安定した本文となっている。内容重視、装丁は旧訳には及ばないというのが妥当な見方であろうか。『紫花余香』と名付けられた月報の充実は旧訳同様で、玉上琢彌が四回に亘って寄稿している。巻ごとに青紫色、赤紫色、青錆色、茶色、朱色とインクの色を変えた鮮やかな『紫文のしおり』には各巻細目、人物略説、人名名寄などが記されている。

『新訳元版』の造本に関しては、谷崎は恐らく満足していなかったであろう。美麗な旧訳を越えるものを作りたいと願っていたに違いない。その谷崎の思いを受けた新装版が全貌を現すのは、昭和三十年十月十日である。『新訳元版』の本文部分十冊を五冊にまとめ菊判に大型化し、訳文の一部に手を入れて、全冊一括配本としたが、何よりも当時を代表する日本画家十四人が結集して各巻ごとに個性豊かな挿絵を入れたことが最大の特徴である。いわゆる谷崎源氏挿画の誕生である。画家十四人の名前が列挙される、谷崎の高揚感が伝わってくる前書きを掲出しておこう。

此の愛蔵本は、私が昭和廿六年の五月から同廿九年の九月に亘って刊行した新訳源氏物語と、内容はほぼ同じである。今度の意図は、その同じ内容のものを、昔懐かしい体裁にして各帖毎に挿画を入れ、美術的意匠を凝らして製本したところにあるので、かう云ふ稀に見る形の本を作ることが出来たのは、旧友安田靫彦氏の指導と監督に俟つところが最も多く、次にはこれら五十数葉の挿画を担当された諸画伯、――安田靫彦、奥村土牛、福田平八郎、堂本印象、山口蓬春、中村岳陵、菊地契月、徳岡神泉、小倉遊亀、太田聴雨、中村貞以、山本丘人、橋本明治、前田青邨の十四氏の並々ならぬ好意、及び題簽の尾上柴舟氏、装釘の田中親美氏の丹精に依るものであることを明記して置く。

以下、この資料を『新訳限定愛蔵版』と呼ぶ。谷崎源氏の挿絵の実現については「旧友安田靫彦氏の指導と監督に俟つところが最も多く」とあるように、安田靫彦の存在抜きにしては考えられない。

安田自身が語っているように、谷崎は日本橋蠣殻町の生まれ、安田は日本橋新葭町の生まれ、二歳違いで旧知の間柄であり[13]、装丁や舞台美術など様様な形で谷崎に協力しているが、『旧訳』の時も推薦文を書いている[14]。谷崎源氏の挿画は安田靫彦の桐壺、帚木、空蟬、夕顔巻で口火を切る。源氏物語に題材を採った安田の作品はこの四巻だけではなく須磨巻の光源氏と頭中将の二人を描いたものなどがあり、後に河出書房の与謝野源氏の挿絵に転用されているが、制作されたのはこの頃で、谷崎源氏の挿画作成が創作欲を刺激したに違いない。

挿画以外の装丁も優れていた。表紙は紫地藤原時代三十六人集黄色鳳凰唐草刷金銀砂子切箔野毛等荘厳振り、見返しは巻ごとに鶴、千鳥、鴛鴦、草花等を銀泥で描き、帙は紅殻色草木染手織本紬、帙裏は藤原時代布地鴨脚木文様刷、紐・天平文様綺、本文用紙は特漉鳥の子と、贅をこらした造りである。限定千部と、まさに戦前の愛蔵版の復活である。旧訳愛蔵版との相違は、あちらは谷崎の署名入りであったが、今回は署名はなされていない。ただし署名献呈本は存在する。第壹番本は有馬稲子に献呈されており、帙の内側に墨書で「御祝　有馬稲子様　谷崎潤一郎」と記されている。谷崎が「あたらしき年の始めにうつくしき有馬稲子と相見しかなや」と詠んだのは、新訳限定愛蔵版刊行直後の正月のことであった[15]。谷崎源氏は旧訳の時は普及版と愛蔵版が同時刊行であったが、新訳ではまず『元版』を、ついで『限定愛蔵版』と時間差を設けての刊行であった。

谷崎源氏がこのように、本文を改め、造本にも意を用いたものを出版した頃、与謝野源氏にも新たな動きがあった。戦後、角川文庫と並んで、最も長期に亘って与謝野源氏を刊行する河出書房の動きである。谷崎源氏の『新訳元版』の完結から一年後、『新訳限定愛蔵版』の刊行に少し先立つ形で、河出書房が『日本国民文学全集』というシリーズの刊行を始める。『万葉集』から森鷗外・夏目漱石、さらには別巻として『大菩薩峠』『富士に立つ影』と、古典文学と近代文学、純文学と大衆文学の垣根を取り払った壮大な試みであった。赤の紙箱入り、藍染めの木綿に漆赤箔の背文字も鮮やかな原弘の装丁は一世を風靡し、菊判の本文三段組みで読み応えも十分であった。この『日本国民文学全集』の第一回配本として起用されたのが、第三巻『源氏物語　上』である。これから四半世紀にも及ぶ、中公谷崎源氏と河出与謝野源氏の競演の始まりである。

三　河出書房と中央公論社・その一

河出書房の『日本国民文学全集』は第三巻と四巻を『源氏物語』上下巻に当てている。上巻には桐壺〜若菜（上）を収め、久松潜一の解説九頁（二段組み）は、簡潔な中に紫式部の伝記、作品の解説、享受の歴史、与謝野源氏の意義まで過不足ないものである。月報も、窪田空穂「与謝野晶子」小田切秀雄「源氏物語のおもしろさ」吉田精一「源氏物語・主要研究書目年表（一）」とバラエティに富み、円地文子は「私の古典鑑賞」の連載を受け持ち、吉井勇の「与謝野源氏に寄す」五首は一部を自筆影印で掲載する。下巻には北村久備の『すみれ草』に依拠した系図と年立をやはり久松が作成し、簡にして要を得た付録である。巻末に昭和十四年の晶子の『新新訳』のあとがきがあるが、さらにその後に『新訳』の森林太郎と上田敏の序文が付されていることが注目される。やはりこの二つは残しておきたかったのであろう。帯にも「現代文で読める源氏物語」「森鷗外・上田敏初版の序」などと記されている。月報は池田亀鑑・中村真一郎・原弘ら、晶子の源氏物語礼賛歌から、空蟬・薄雲の二首が掲載されている。

昭和二十年代の朝日新聞社『日本古典全書』、三十年代の岩波書店『日本古典文学大系』に始まり、その後の新潮社『日本古典集成』小学館『日本古典文学全集』と、戦後、日本の古典文学の叢書は長期にわたって刊行されるが、原文で読むこれらの叢書に隣接する形で、現代語訳の古典文学作品を含めた日本文学の全集が存在する。そうしたシリーズに意欲的に取り込んだのが河出書房で、その花形は与謝野晶子の『新新訳源氏物語』であった。『源氏物語』人気もあって、『日本国民文学全集』は三年後に異装版を刊行する。本体はそのままに、朱色の紙箱を縹色の貼箱に改め、重厚感を出したもの。巻末の内容一覧には「古典・日本国民文学全集」全十八巻と記す。本文内容に変化はない。

中央公論社の側も手をこまねいてはいない。二種類のコンパクト版を相次いで刊行する。まず、昭和三十一年五月から同年十一月にかけて、毎月一冊のペースで四六版を刊行する。冒頭に「潤一郎新訳源氏物語の普及版について」という序文があり、以下『新訳普及版』と呼ぶ。『普及版』の意図は、『愛蔵版』に用いた五十六枚の挿画を入れた廉価版を刊行することにあった。挿画入りが刊行された以上、挿画なしの『元版』では販売に苦労するであろう。全六冊は本文のみで、簡単な系図などはA５版二つ折りの薄い月報に掲載されている。装丁は小倉遊亀、題簽を谷崎松子が書いていることが注目される。松子の題簽はこれから長く続くことになる。総じて簡素な作りである。

続いて、三十四年九月から三十五年五月にかけて、一層判型を小さくして新書の判型とした八冊本を刊行する。『新訳新書版』である。『新訳普及版』は小倉遊亀の表紙や見返しは良かったが、文字だけの機械箱はやや貧相で、廉価版とはいえ購読意欲をそそりにくかった感は否めない。その反省からか、今回の『新訳新書版』はさらに小振りになったが、造本美は前回を上回るものがある。「函貼に墨流しを配し、表紙には平安装束模様を特織し、見返し、本扉に襲《かさね》の色目を出すなど、優雅な宮廷風の趣きを示す造本」と月報で自賛するごとく、思わず手に取りたくなるような装丁である。担当した町春草は、川端康成や有吉佐和子や舟橋聖一の装丁でも知られる女流書家であるが、今回の大成功から今後も谷崎源氏と深く関わることとなる。月報も小振りながら、風巻景次郎、阿部秋生、中村真一郎らが珠玉の文章を寄せている。

中央公論社が、四六判、新書判と小振りの谷崎源氏を続けて刊行したのには理由がある。このころ、出版界は、手軽な持ち運びやすい判型が流行していた。その最たるものは、平凡社の『世界名作全集』である。A6判でありながらクロス装上製本箱入りの洒落た装丁である。文庫サイズの上製本は旺文社文庫の特装本など少なくないが、『世界名作全集』は平均五〇〇頁ぐらいで、厚さが三〜五センチもある。これなら判型を大きくして頁を減らせば良さそうだが、時代が小振りの判型を求めた。小さな愛玩したくなるような造本であるが、長く繙読していると、背表紙が割れることがある。A6判上製クロス装五〇〇頁というのは、多分造本的に無理を重ねているのであろう。『世界名作全集』の刊行は、造本の小型化の時代を象徴しているようである。ちなみにこの叢書には、日本の古典文学・近代文学も含まれ、三十七・三十八巻は舟橋聖一訳の『源氏物語』である。

さて、こうした小型本の時代を代表するものが、河出書房のグリーン版『世界文学全集』である。[16] 作家・作品の選択は当然のこと、四六判の軽やかな造本、目にも鮮やかな緑色の表紙、真っ白な清潔な本文料紙等々も相まって、多くの読者を世界文学へ誘った。昭和三十年代を代表する出版物である。そのグリーン版の姉妹版としてワインカラーの『日本文学全集』を河出書房が企画するのは昭和三十五年のことである。[17] こちらは全二十五冊、古典文学が十三冊、近代文学が十二冊と、両分野が拮抗している。文字通り、日本文学の全集であって、近代日本文学のみで構成される『日本文学全集』とは明確に一線を画している。[18] これは『日本国民文学全集』以来の河出書房の特色で、それは今日刊行中の池澤夏樹編集の『日本文学全集』まで続く伝統である。このワインカラー版は、言わば『日本国民文学全集』の軽量化を図ったものであるから、ここでも与謝野晶子の『新新訳源氏物語』を第一回配本にもってくる。小振りになったため『日本国民文学全集』版にあった系図や年立が省略されるが、一方で池田弥三郎の略注が付くなど、読者の便宜を図っている。

三年後の昭和三十八年九月から、河出書房は全十八冊の『国民の文学』を刊行する。これは現代語訳の古典文学の全集である。実は、ワインカラー版『日本文学全集』の異装版ともいうべきもので、本文内容は変化がない。装丁を改め、表紙や箱をやや厚めにしたが、判型は同じ四六判である。相違は『日本文学全集』には収載されなかった『万葉集』『春色梅暦』などが復活することで、五冊増加している。『源氏物語』は内容はもちろん、月報まで『日本文学全集』と完全に一致するが、[19]『万葉集』

が入ったことにより、第三巻第四巻と巻序は繰り下がるも、相変わらず第一回配本であり、看板商品であった。

そのころ中央公論社はどうしていたであろうか。コンパクト版から一転して、全六冊大型の豪華本を刊行するのである。三十六年十月から三十七年四月にかけて、菊判の豪華本を刊行する。以下、この本を『新訳愛蔵版』と呼ぶ。前年に完結した新書版が一冊百八十円であったのに対して、こちらは七百円、冊数は異なるが限定部数でない本としては思い切った値段設定である。それだけの自信があったのだろう。紅樺色、西本願寺本三十六人集から取った模様を蠟染にした貼箱も美しく、表紙の平安朝文様を織り込み、鳳凰を銀箔であしらっている。地色は、藍海松茶色、濃萌黄色、柳茶色、砥粉色、白橡色、白練色である。新訳掉尾の本書は麴塵染、柳茶染、白茶染と美しい色変わりで、「平安朝の衣装風に、濃・中・淡・淡・白と襲ねの色目」となっているとのこと。五冊までが本文で六冊目が別巻として久しぶりに系図・年立が独立して収められた。装丁町春草、題字谷崎松子は、新訳新書版以来の黄金コンビ、この二人の組み合わせで豪華本が世に送り出された。実は、コンパクト一辺倒から、時代は大型志向、豪華志向へと徐々に変わりつつあった。『新訳愛蔵版』はいち早くその流れを読み取ったと言えよう。

四　河出書房と中央公論社・その二

昭和三十九年十一月、谷崎潤一郎は『新々訳源氏物語』を世に送る。『新訳』は藤壺関係のものを含めて完訳を意図したものであったが、『新々訳』は現代仮名づかいに改めたものである。A5判、全十巻と別巻で十一冊で構成され、全巻完結は四十年十月である。刊行途中の四十年七月谷崎は世を去るから、最後の力を振り絞って送り出した現代語訳と言えようか。装丁と題簽と中扉の文字をすべて盟友安田靫彦に委ね、統一の取れたたぐいまれな造本美が現出した。箱の意匠は、後の『新々訳小型版』や中公文庫でも継承され、今日谷崎源氏と言えば、真っ先に思い浮かぶデザインである。堅牢な角背の本体も美しく、異装版でマイナーチェンジを重ねてきた『新訳』の記憶を過去に押しやるような会心の出来栄えであった。すみずみまで目の行き届いた編集は、月報に、玉上琢彌、秋山虔、松尾聡、土田直鎮、井上光貞と古代文学・古代史の最高権威をずらりと並べた顔ぶれからも推測できよう。谷崎は初巻に自序を寄せているが、その中に注目すべき文言がある。

昭和三十年出版の五巻本以来用いている十四画伯の手になる五十六葉の挿画を、今回も使わしていただく。これは安田靫彦氏、前田青邨氏以下東西の著名な一流画家が各々四葉ずつ作品を寄せられたもので、現代いかに版を新たにしても、これ以上の源氏絵巻は他に求め得られないからである。

「現代……これ以上の源氏絵巻」が求められないとすれば、これに対抗できるものは、かつての中澤弘光しかあるまい。かくして、河出書房は、与謝野源氏の原点に戻り、中澤弘光を前面に打ち出してくることになる。

河出書房が『豪華版日本文学全集』の刊行を開始するのは昭和四十年六月のこと。古典文学だけの『国民の文学』と、明治以降に絞った『現代の文学』の刊行を挟んで、五年ぶりに古典から近代にまたがった『日本文学全集』である。河出書房は、半年前から配本が進んでいる谷崎潤一郎『新々訳元版』の破竹の勢いに対抗するためにも、従来の方針からも、第一回配本には『源氏物語』を起用してきた。もちろん与謝野晶子の『新新訳』である。今回は、これに『新訳源氏』の中澤弘光の挿絵をカラー複製の形で八枚挿入し、『新訳源氏』の見返しにあった源氏香の意匠を、モノクロで各巻の本文の巻頭にカットのように配置した。いわば『新新訳』の本文を『新訳』の中澤弘光の美術で飾った形である。森鷗外・上田敏の『新訳源氏』の序文も従前通り採用する一方、『新新訳』の晶子の源氏物語礼賛歌を巻名とカットの次、本文の前に置いたから、巻の内容の象徴のようになった[20]。谷崎の新しい訳文と昭和の源氏絵巻に、与謝野源氏の『新訳』『新新訳』の協同で対抗した感がある。河出書房の広報の力も相まって[21]、先行する谷崎『新々訳』を『豪華版日本文学全集』の源氏物語が激しく追い上げていくのである。

一方谷崎の没後、中央公論社も新企画を打ち出してくる。谷崎の死を受けて、本文はもはや改めようもない、挿絵は「これ以上の源氏絵巻は他に求め得られない」と谷崎自身が述べていた。どのような新味が出せるのか。結論は「十四画伯の手になる五十六葉の挿画」の彩色化であった。昭和四十一年五月から十月にかけて刊行された『新々訳彩色版』がそれである。『新々訳元版』の二巻を一巻にまとめ、別巻はそのままに全六冊に再構成したもの。判型はやや大きく菊判である。最大の特色は挿画の彩色化である。谷崎松子の序文では「これまでの挿画は白描であったが、今回は各巻の画伯にお願いして彩色を施していただき、上村松篁、竪山南風両画伯の新画を加えて一段と華麗になった」と述べている。「上村松篁、竪山南風両画伯の新画」とは、物故した菊池契月と太田聴雨のかわりに二人の画家に補って貰ったことである。谷崎没後の刊行だが、やはり序文で「昨年の夏谷崎急逝の一週間前に嶋中社長からすでにこの話があって非常に楽しみなことを聞いたと言っていた」とあり、谷崎も了承済みのことであった。かつて『新訳元版』の次には『新訳限定愛蔵版』を刊行したことに倣ったのであろう。色彩の時代・カラーの時代にふさわしい出版であった。

カラーの時代という点においては、河出書房の方が極めて自覚的であった。このころ『少年少女世界の文学』『国民の文学』『世界の歴史』『世界の旅』等々多くの〈カラー版〉のシリーズを刊行している。文学においては、昭和四十一年の『カラー版世界文学全集』に続いて、翌年から『カラー版日本文学全集』の刊行に着手する。ここでも第一回配本は『源氏物語』である。その前年に谷崎源氏は挿画を彩色化、いわば新しい谷崎源氏挿画を作成したから、河出書房の側は挿絵とカットに新井勝利を起用して、まったく新しい戦後の源氏物語絵を現出した。新井は晶子の『新訳源氏物語』異装版の挿絵の梶田半古(22)と、谷崎源氏挿画の監修者であった安田靫彦に学んでいるから、近代源氏絵の二系列の継承者であったと言えようか。今回は鷗外と上田敏の『新訳』の序文は削られ、『新新訳』の礼賛歌は残し、編集としても一貫性がある。ただ、シリーズものの制約があったのか新井勝利の挿絵は

『カラー版日本文学全集』では三十二枚であった。新井は五十四帖全巻（と雲隠巻）分を描いており、昭和四十四年には『豪華版源氏物語』としてその全貌を現すこととなった。『豪華版源氏物語』は、箱・背表紙・帙には与謝野晶子の筆蹟を用い、これが河出版の与謝野源氏の最終的な形と見て良かろう。

中央公論社の側は全八冊の変形新書版を昭和四十五年十一月から刊行する。『新々訳彩色版』という豪華本の次は小型本で差異化を図るのは出版の王道であろう。この『新々訳新書版』では挿画は再度白描に戻る。谷崎源氏の愛好者にはこの方が馴染み深いものであったかもしれない。装丁は町春草で、墨流しの外箱など『新訳新書版』に通底するものがある。別巻は除いて冊数を八冊に圧縮して本文だけとした、機能性を重視したものである。

その後、中公文庫に収められ新しい読者を開拓したが、新々訳の初版から十五年目に当たる昭和五十四年十月から、懐かしい安田靫彦の外箱と表紙もそのままに、判型のみ四六判に圧縮した『新々訳小型版』が刊行される。帯や化粧箱では「愛蔵新書版」と記されているが、町春草装丁の新書版と区別するために、小型版の名称で呼ぶほうが良かろう。別巻も復活し、『新々訳元版』がコンパクトに生まれ変わったようである。白描の挿画と安田靫彦の箱と表紙、『新々訳』としてはやはりこの形が最も安定したものである。

おわりに　―その後の展開―

河出書房も中央公論社も、その後も『源氏物語』の刊行を続ける。

中央公論社は、昭和六十二年に菊判の大型本で本文を上製本の一冊にまとめ、系図などを並製本の一冊で付録のようにして、一つの箱に収めたものを刊行する。谷崎源氏を一冊で読めるようにしたものである。装丁は加山又造である。平成四年には、判型はそのままに表紙を薄手にして、貼箱を廃し、別冊も省いた普及版を刊行する。加山の装丁は、カセットライブラリーにも転用され、新しい時代の谷崎源氏の象徴と言えようか。ただ、根強い人気の安田の挿画は、中公文庫のカバーとして復活し、今日までその姿を伝えている。

河出書房の方は、昭和四十六年に『カラー版日本の古典』として『源氏物語』を二分冊で刊行するが、上巻安田靫彦、下巻平山郁夫という魅力的な組み合わせである。上巻では須磨巻の光源氏と頭中将や、国宝絵巻の構図に正面から挑んだ蓬生巻などが含まれ、谷崎源氏以外の安田の挿絵を見ることができるようになった。下巻の平山の挿画は金や赤を多用した斬新な源氏絵である。各巻巻頭の大振りのカットは安田門下の佐多芳郎が担当していて、これまた五十四帖一揃いの魅力的な昭和の源氏絵である。『現代語訳日本の古典』という叢書はその異装版である。以上二点は菊判の大型本であったが、次いで刊行された四六判の『日本古典文庫』三分冊は、通読のための軽装版で、カットも礼賛歌もないシンプルなものである。

残り火のようなこれらの書物群も含めて、与謝野源氏と谷崎源氏の競合が、戦後の出版文化史の豊かな側面を示していると言えよう。

注

(1) 谷崎源氏の三種類の訳を俯瞰したものに、立石和弘「谷崎潤一郎訳『源氏物語』の出版戦略」(『講座源氏物語研究』一二巻、おうふう、二〇〇八年)、田坂『谷崎源氏逍遙』(全三冊、胡蝶の会、二〇〇八〜一〇年) 本書所収、などがある。
(2) 与謝野晶子は「新訳源氏物語の後に」で「必ずしも逐語訳の方法に由らず、原著の精神を我物として訳者の自由訳を敢えてしたのである」と述べている。
(3) 石塚純一『金尾文淵堂をめぐる人々』新宿書房、二〇〇五年。
(4) 神野藤昭夫「与謝野晶子の『新新訳源氏物語』執筆・成立の経緯」(おうふう『講座源氏物語研究』一二巻、二〇〇八年)もこの問題を指摘する。
(5)『新訳源氏物語』の諸本については田村早智「与謝野晶子訳「源氏物語」書誌稿」(『鶴見大学紀要』三二号、一九九五年)、田坂「桐壺院の年齢　─与謝野晶子の「二十歳」「三十歳」説をめぐって─」(『源氏物語の愉しみ』笠間書院、二〇〇九年、のち『源氏物語の政治と人間』慶應義塾大学出版会、二〇一七年、所収)等参照。
(6) 昭和十四(一九四一)年一月二十三日於日比谷野外音楽堂。講演者は谷崎、山田、池田亀鑑、三木清ら。岡本正「若き日の池田亀鑑先生　─心に滲みる思い出の数々─」(『源氏物語研究』一号、一九九一年)が当日の様子を伝える。
(7) 第一号と第二号の例を掲出する。「我が国の至宝は源氏物語に過ぎたるはなかるべし(一条兼良)」

「紫式部は恐らく最初の女流小説家であるが、又最も偉大な作家の一人である（倫敦タイムズ）」

（8）田坂「『校異源氏物語』成立前後のこと」（『もっと知りたい池田亀鑑と「源氏物語」』一、新典社、二〇一一年、のち『源氏物語の政治と人間』慶應義塾大学出版会、二〇一七年、所収）。

（9）月報の普及版の箱の宣伝に、早々に「品切れ」のゴム印が押されている。

（10）谷崎の検印に関しては、横井孝「谷崎潤一郎『検印』による略年譜のこころみ」（『実践国文学』六九号、二〇〇六年三月）参照。

（11）井上英明は『世界文学全集』の中に『万葉集』や『源氏物語』を含めないことを批判する（「国文学研究の未来　―古代文学を中心として―」『文学・語学』一七三号）。

（12）大朝雄二「谷崎源氏と藤壺」（『むらさき』二七輯、一九九〇年）、西野厚志「灰を寄せ集める　―山田孝雄と谷崎潤一郎訳「源氏物語」―」（『講座源氏物語研究』第六巻、おうふう、二〇〇七年）など。

（13）安田靫彦「谷崎さんと私」（『谷崎潤一郎全集』第三巻月報、一九六七年）。

（14）『大阪毎日新聞』二月六日。

（15）『谷崎潤一郎歌集』（湯川書房、一九七七年）所収。

（16）田坂『文学全集の黄金時代　―河出書房の一九六〇年代―』和泉書院、二〇〇七年。

（17）『日本文学全集』にもグリーン版はあるが、これは後年の出版、当時は、グリーンとワインカラーの色違いで世界文学と日本文学を棲み分けようとした。装丁は共に原弘、箱の材質も、ビニールカバーも姉妹版であることが明確である。

（18）田坂「文学全集の月報から見えるもの」『名書旧蹟』日本古書通信社、二〇一五年。

（19）荒正人・池田弥三郎・円地文子『源氏物語縦横談』など。

（20）三笠書房版の三種の与謝野源氏では、与謝野晶子の源氏物語礼賛歌を巻頭に掲出していたが、河出書房版ではこれまでの三種では使用していなかった。

（21）『読売新聞』では、昭和四十（一九六五）年六月十日朝刊六頁の全面広告を始め、「女流の名作を女流の名訳で」（六月四日）、「『源氏物語』は古典としてではなく、小説として楽しんでお読みなさい」（七月七日）、「源氏ファンが一度に30万人もふえました」（七月二十六日）と、広告を連打している。

（22）大正十五（一九二六）年、金尾文淵堂、全二冊。ただし、梶田半古の挿絵は与謝野源氏のために描き下ろされたものではなく、明治三十八年に絵葉書として作成されたものである。明治三十年代後半に絵葉書が大流行し『ハガキ文学』などが創刊されたことがその背景にある。半古は『源氏物語』『伊勢物語』などの絵葉書を作製した。三十八年の日本絵葉書展覧会で二等賞銀牌を獲得したものを、この挿絵に使用している。

第二編　逍遙編

第一章　桐壺巻冒頭はどう読まれたか　―定子後宮への違和―

はじめに

執筆されてから一千年になる『源氏物語』は膨大な読者を生み出してきたわけであるが、最初の読者（たち）は誰であろうか。作者自身が最初の読者という考えも当然であるし、習作段階のものを目にした周辺の人物もあろう。執筆時期や巻の成立順という問題を棚上げにして、『源氏物語』が作品として知られた段階では、藤原道長周辺の人々は当然この作品について見聞していた。『紫式部日記』に見られる、藤原公任の「このわたりに、わかむらさきやさぶらふ」の発言、一条天皇の「この人は日本紀をこそ読みたるべけれ」の発言、彰子還啓に先だっての御冊子作りなどは、この物語が書かれた（書かれつつある）直後の人々の反応であり動静である。時代的な捉え方をすれば、これらの読者は一条朝に生きていた人々であるということである。一条朝は四半世紀に及び、平安時代の半ば頃としては長期にわたる王朝である。一条朝の前期は正暦年間を中心とする藤原道隆の中関白家全盛期、そして長徳元年の疫病の大流行を挟んで、藤原道長が朝堂を制圧する中後期にいたる。『源氏物語』

の最初の読者は、長徳の疫病を切り抜けた人たちであるが、その前の中関白家の全盛期を記憶する人々でもあった。その人々の目には桐壺巻冒頭の「女御更衣あまたさぶらひたまひける」の部分はどのように映っていたのであろうか。

一　時代設定と同時代性

『源氏物語』に関しては、古くから延喜・天暦準拠説というものがある。最も分かりやすく表現しているのは『河海抄』巻一料簡に「物語の時代は、醍醐、朱雀、村上三代に準ずる歟、桐壺御門は延喜、朱雀院は天慶、冷泉院は天暦、光源氏は西宮左大臣、如此相当する也」(1)と記しているものである。

物語の桐壺帝を醍醐天皇と、物語の冷泉帝を村上天皇と重ね合わせると理解しやすい場面は、物語の随所に嵌め込まれている。桐壺巻、桐壺帝が高麗の相人に二の御子の将来を観相させる場面では、「高麗人の参れる中に、かしこき相人ありけるを聞こしめして、宮の内に召さむことは宇多の帝の御誡あれば、いみじう忍びてこの皇子を鴻臚館に遣はしたり」と記され、宇多院が御遺誡を与えた醍醐天皇と桐壺帝が重なるように書かれている。紅葉賀巻、桐壺帝が一院の住む朱雀院に行幸する場面は、醍醐天皇の父宇多院の算賀の行幸（『河海抄』は延喜十六年五十賀を指摘する）を下敷きに書かれている。絵合巻の行事の進行や衣装が、村上天皇時代の天徳内裏歌合に酷似することもまた『河海抄』の指摘するところである。こうした事例の積み重ねと相俟って、延喜（醍醐天皇）天暦（村上天皇）の聖代が、物語の桐壺院と冷泉院の時代と二重写しになるように物語は書かれている。ほかにも、光源氏の須磨流謫が西宮左大臣源高明の左遷と重なり合い、須磨にいる光源氏の夢枕に立った桐壺院が「我は位に在りし時、過つことなかりしかど、おのづから犯しありければ」の発言も、延喜堕獄説話がその背景にあるものである。もちろんこの枠組みから外れる部分も少なからずあり、仁平道明「『源氏物語』の世界と歴史的時間　―延喜・天暦准拠説との訣別」(2)という論文が書かれるほどであるが、「訣別」を言挙げしなければならぬほど、この枠組みが強いことを逆説的に示している。

こうした中で注目すべきは、賢木巻で六条御息所が斎宮に卜定された娘（のちの秋好中宮）と共に伊勢に下向する際に、「親添ひて下りたまふ例もことになけれど、いと見放ちがたき御ありさまなることとつけて、うき世を行き離れむと思す」と記されていることである。賢木巻は朱雀帝の治世下にあるから、歴史上の朱雀天皇の時代と考えれば、「親添ひて下りたまふ例」がないということと見事に一致する。しかし後の円融天皇の貞元年間には、斎宮規子内親王に母の斎宮女御徽子が一緒に下向しているのである。そうしたこともあって、この物語の読者は、六条御息所母子の後ろに斎宮女御徽子の姿を幻視するのである。つまり時代設定を枠組みとして理解しつつ、その枠組みの中にいる人物については、自由に後代的要素・当代的要素を織り交ぜながら作品を味わっていたのである。卑近な例で言えば、歌舞伎の『仮名手本忠臣蔵』の枠内に、近代的人物像を盛り込んだ真山青果の『元禄忠臣蔵』を想起しても良いかもしれない。こうした考えで、桐壺巻の冒頭の一文の検討を続ける。

二　一条朝までの後宮の実態

時代の枠組みの中で『源氏物語』を考える上で参考にすべき、延喜以降の歴史上の天皇の後宮について見てみる。

まず、「女御更衣あまたさぶらひたまひける」桐壺帝の準拠ともされる醍醐天皇には、保明親王や朱雀・村上両帝などの生母である中宮穏子（藤原基経女）を筆頭に、女御和子（光孝天皇女）、女御能子（藤原定方女）、女御和香子（藤原定国女）、更衣桑子（藤原兼輔女）、更衣周子（源唱女、源高明生母）、更衣淑姫（藤原菅根女、兼明親王生母）など、十数人の女御や更衣がいた。

次の朱雀天皇は、在位期間は十六年だが、八歳で即位した幼帝でかつ病弱であったから、後宮には女御熙子女王（保明親王女）、女御慶子（藤原実頼女）しかいない。中宮冊立もなかったことから、『源氏物語』中の朱雀帝と重ねて理解されているところである。

次の村上天皇は、兄朱雀とは対照的で、中宮安子（藤原師輔女）との間に、のちの冷泉・円融両天皇をはじめ、『源氏物語』中の式部卿宮に投影しているとされる為平親王、大斎院選子内親王など多数の子女をもうけ、ほかに女御徽子女王（斎宮女御、重明親王女、前節参照）、女御荘子女王（代明親王女、具平親王生母）、女御述子（藤原実頼女）、女御芳子（藤原師尹女、村上天皇の寵愛ぶりが『枕草子』『大鏡』等に記される宣耀殿女御）、更衣祐姫（藤原元方女、第一皇子広平親王生母、元方と師輔の確執は『大鏡』の記すところ）、更衣脩子（藤原朝成女）など個性的な女御や更衣が多かった。これに中宮安子の妹で一時村上天皇の寵を受けた尚侍藤原登子（藤原師輔女）が加わる。

村上天皇の後を受けた冷泉天皇は、精神的に不安定な面もあり、在位期間は約二年間と短いが昌子内親王（朱雀天皇女）が中宮に冊立され、在位中に女御（贈皇太后）懐子（藤原伊尹女）との間にのちの花山天皇をもうけている。譲位後も女御（贈皇太后）超子（藤原兼家長女）との間にのちの三条天皇や、為尊・敦道親王の和泉式部とかかわる兄弟をもうけ、ほかに女御忯子（藤原師輔女）もいた。

早期退位した兄の後を受けた円融天皇は十一歳で即位、在位期間は十六年。この間関白藤原兼通女媓子が中宮に冊立、兼通薨去媓子崩御後は、関白藤原頼忠女遵子が中宮となる。二人の中宮との間には後継者がいなかったが、女御詮子（藤原兼家女）との間にのちの一条天皇をもうけている。遵子立后の日の藤原公任の放言とそれに対する反発などが、『大鏡』に伝えられている。ほかに内裏焼失と関連付けられて火の宮と芳しくない名前で呼ばれた女御尊子内親王（冷泉皇女）もいた。

次の花山天皇は二歳で立坊、叔父円融天皇時代の十六年間を経て、十八歳で即位。働き盛りの天皇であったが、藤原兼家・道兼らの奸計によって、わずか二年間で退位させられた。短期の在位であったが、女御忯子（藤原為光女）、女御姚子（藤原朝光女）、女御諟子（藤原頼忠女）、女御婉子女王（為平親王女）などがおり、女御忯子の死が花山天皇退位事件に利用されたことは『大鏡』などの伝えるところである。

以上、醍醐天皇以降、歴史上のどの天皇も、たとえ在位期間が極端に短い天皇でも、複数人の女御や更衣が存在していたことを確認しておく。

花山朝の衝撃的な幕引きを受けて即位した一条天皇は七歳の幼帝であった。十一歳元服の年に女御定子（藤原道隆女）が入内、同年中宮に冊立される。それからの六年間は、それ以前の時代とは完全に異なり、一条天皇の後宮にはただ一人の女御も更衣も存在しないのである。当然それは権勢を誇った中関白家の意向であっただろう。それまでの百年近く続いた「女御、更衣あまたさぶらひたまひける」歴史上の天皇の後宮とは完全断絶し、正反対の形であったのである。

しかも、この時代全体が異様だったわけではないのである。この六年間、春宮（のちの三条天皇）には、女御娍子（のち皇太后、藤原済時女）、尚侍綏子（藤原兼家女）などがおり、藤原道隆自身も最晩年には定子の妹の原子を春宮の女御としているのである。それだけに中宮定子以外のただ一人の女御や更衣の存在も許さない、一条天皇後宮の異様さが一層浮き彫りになるであろう。そうした時期を歴史的記憶として共有した人々が『源氏物語』の最初の読者であったということは、いくら強調してもしすぎることはないと思われるのである。

そうした読者たち、『源氏物語』が書かれた寛弘年間、最初にこの物語を手に取った読者たちにとって、桐壺巻冒頭「女御更衣あまたさぶらひたまひける」の部分は、どう映ったであろうか。父母の時代、祖父母の時代、曽祖父母の時代を通して、長く続いたもっとも一般的な後宮の状況は、読者をごく自然に物語の世界へと導いたであろう。どの天皇の時代とは明示されないものの、逆にどの天皇の時代でもあり得たこうした設定は、読者にとって極めて理解しやすいものであった。同時に、そうした状況ではなかった最も近い過去がいかに異質なものであったのかということも、意識される可能性があったに相違ない。

一見、何の変哲もないように書き始められた「いづれの御時にか、女御、更衣あまたさぶらひたまひける中に」という文章を目にしたとき、寛弘年間に生きていた読者たちがどのようにその文章を受け止めたかということを考えることは重要であると思われる。文学作品はどのように理解しても構わないが、文学が成立した時代の読者がどのように読んでいたかということに思いを馳せること、それは作品に対する敬意、作者に対する敬意、最初の読者に対する敬意でもある。

おわりに

桐壺巻冒頭「女御更衣あまたさぶらひたまひける」の部分は、一条朝後期、寛弘年間に生きていた人たちの目には、中宮定子一人が後宮を制圧していた一条朝前期への、反措定として認識した可能性があったのではなかろうか。読者によっては漠然とした印象に留まる場合もあったし、中関白家批判と一層踏み込んで理解した読者もいたであろう。もちろんこの記述をそこまで深読みをせずに、物語の中の言説として完結させて理解する読者もいたであろう。

しかし、『源氏物語』では、後の梅枝巻で、春宮参りを予定されている明石の姫君、その後ろにいる光源氏の存在を憚って時の左大臣などが入内を見送る姿勢を示したとき、光源氏は「宮仕の筋は、あまたある中に、すこしのけぢめをいどまむこそ本意ならめ」と述べ、敢えて明石の姫君の春宮参りを遅らせ、麗景殿女御などを先に入内させたのである。この光源氏像の造型は、彰子入内以前に顕光女元子や公季女義子が入内するのを認めた藤原道長の行動と通底するものがある。(3)こうしたことも考慮すれば、桐壺巻の冒頭を考える時に、作者にとって織り込み済みの読者の存在、いわば内包された読者の存在を考えてみることは、極めて重要であると思われるのである。

注

（1）『河海抄』は玉上琢彌編『紫明抄・河海抄』（角川書店、一九六八年）に拠り、一部私に表記を改めた。

（2）『源氏物語重層する歴史の諸相』竹林舎、二〇〇六年。

（3）田坂「冷泉朝下の光源氏」『源氏物語の政治と人間』慶應義塾大学出版会、二〇一七年。

第二章　花散里は「おいらか」な女か
―『源氏物語』の女性表象―

はじめに

『源氏物語』の登場人物の中に、花散里と呼ばれる女性がいる。光源氏をめぐる女性たちの中の一人で、第十一巻の花散里巻から、第四十一巻の幻巻まで、物語内の時間で言えば、実に二十七年の長きに渡って登場し続けている。壮年期の光源氏の別宅二条東院の実質的な女主人であり、当時の大貴族の屋敷の四倍の規模である大邸宅の六条院では、夏の町（丑寅の町）の主でもある。ただ、光源氏の訪れは少なく、穏やかに待ち続ける女性として形象されているようである。『源氏物語』の本文中でも「おほどか」「おいらか」という語で形容されることが多い。この花散里の女性表象の持つ意味を考察するのが本稿の目的である。

本稿を収載する論集は、日本近代文学、英米文学の論考も含まれ、読者として想定される層も、それだけの広がりがあるから、立原道造やE・M・フォースターらにも言及してみた。

一　従来の視点

花散里について、研究者は従来どのように捉えてきたであろうか。

たとえば、花散里という人物を多角的に分析した先駆的業績で、今日でもその意義を失っていない、沢田正子「花散里の造型」[1]では、次のように位置づける。「花散里と呼ばれる人は光源氏の女君たちの中でもきわめて特異な存在で、二人の間に淡々とした、いわば精神的な愛の世界を築いた人であり」「正妻格の紫上を脅かすことのないように設定され」「融和的な立場での紫上の脇役」であると。

実に過不足のないまとめ方で、この人物の最大公約数的なところはすべて含まれている。

沢田の分析がいかに適切であるかは、次の場面を見ることによって、理解できよう。源氏三十二歳の正月、前年秋に落成した二条東院も含めて、二条院の源氏には理想的な正月がめぐってきた場面である。

年も返りぬ。うららかなる空に、思ふことなき御ありさまはいとどめでたく、磨きあらためたる御よそひに、参り集ひたまふめる人の、おとなしきほどのは、七日、御よろこびなどしたまふ、ひきつれたまへり、若やかなるは、何ともなく心地よげに見えたまふ。次々の人も、心のうちには思ふこともやあらむ、うはべは誇りかに見ゆるころほひなりかし。

東の院の対の御方も、ありさまは好ましうあらまほしきさまに、さぶらふ人々、童べの姿などうちとけず、心づかひしつつ過ぐしたまふに、近きしるしはこよなくて、のどかなる御暇のひまなどにはふと這ひ渡りなどしたまへど、夜たちとまりなどやうにわざとは見えたまはず。ただ御心ざまのおいらかにこめきて、かばかりの宿世なりける身にこそあらめと思ひなしつつ、ありがたきまでうしろやすくのどかにものしたまへば、をりふしの御心おきてなども、こなたの御ありさまに劣るけぢめこよなからずもてなしたまひて、侮りきこゆべうはあらねば、同じごと人参り仕うまつりて、別当どもも事おこたらず、なかなか乱れたるところなくめやすき御ありさまなり。

（薄雲四三七頁）

「夜たちとまりなどやうにわざとは見えたまはず」という状況にも関わらず、「かばかりの宿世なりける身にこそあらめと思ひなしつつ、ありがたきまでうしろやすくのどかに」というあたりが、「二人の間に淡々とした、いわば精神的な愛の世界を築いた」と評される所以である。そのために、光源氏も花散里を「こなた（紫の上）の御ありさまに劣るけぢめこよなからず」処遇することができるということである。

その後も、二条院の紫の上と東院の花散里との間柄は緊密で、紫の上の父式部卿宮の五十賀の準備を紫の上と協力して行っていることが「東の院にも、分けてしたまふことどもあり。御仲らひ、ましていとみやびかに聞こえかはしてなん過ぐしたまひける」（少女七七頁）と記されている。

さらに、二条院と東院を併せたよりも大規模な六条院が完成し、紫の上も花散里も六条院に移住することになる。その際も、紫の上の転居の時に「例のおいらかに気色ばまぬ花散里ぞ、その夜添ひて移ろひたまふ。」(少女八〇頁)とあり、沢田が「融和的な立場での紫上の脇役」と呼ぶのが正鵠を射ていることを、これらの記述からも確認できよう。

しかし、前掲論文から約三十年後、森一郎編集の『源氏物語作中人物論集』(勉誠社、一九九二年)に「花散里の君」を担当した沢田は、前掲の「かばかりの宿世なりける身にこそあらめと思ひなしつつ」という行文に「自虐的ともいえる強力な自制心の働き」と解説する。また、花散里の生き方の対極にあるものとして、兼家の足を遠のかせてしまった道綱の母を措定するが、しかし花散里が「好んで無条件に」光源氏の「勝手を容認しているわけではない」とも述べる。この沢田の二論考における微妙なたゆたいこそが、花散里の人物像の両義性を暗示しているようである。

以下、具体的な検証にはいるが、その前に解決しておかねばならぬ問題がある。

二　花散里巻と花散里

花散里を考える上で、念頭に置いておかなければならないのは、この呼称は、我々が花散里として認識している女性(系図的な言い方をすれば、故大臣の娘で、麗景殿女御の妹で、三の君と呼ばれる人物)に最初から用いられているのではなく、当初は、姉の女御も含んだ二人、もしくは二人の住まいの呼称であり、就中、姉の方に比重があったことである。この問題は、早く藤村潔が指摘し(2)、今日では共通認識となっているものである。

こうした成果を踏まえ、二十一世紀はじめに刊行された『源氏物語事典』（大和書房、二〇〇二年）で、「花散里」の項目を担当した細野はるみは次のように述べる。

花散里は常に目立たないが、六条院の日常の運営には不可欠な実際的な役回りを負う。須磨流離前後の失意の光源氏を故桐壺院の麗景殿女御姉妹が叙情的に支える部分では姉の方に重点があったが、その後何度かの措定のし直しを経て現実的な位置を獲得したと言うべきであろう。光源氏帰京後、妹のみが花散里と呼ばれ二条東院築造計画の中に組み込まれるあたりから、光源氏の周辺を固める一人として、夕霧や玉鬘など六条院内の子女の養育を一手に任され、光源氏の現実生活を支える人物となる。また、以前には特に描かれなかった花散里の個性を、従順で裁縫に長けるが容貌はむしろ醜の部類に入るとすることで、紫の上など六条院の女性の位置を脅かすことなく貴顕の私生活を支える家庭人としての役割が完結し、六条院の女君たちの対極に、不安定な男女関係に動揺せずに当時の結婚生活の理想的なあり方を生きた女性像が浮上してくる。（下略）

極めて適切なまとめであり、次節以降とも関連するので、やや長く引用してみた。要するに「叙情的」な花散里巻の登場人物が、『源氏物語』の長編構造の中に組み込まれる過程で、「措定」され直し、「現実的な位置を獲得」していくということである。

更に大胆な言い方をすれば、花散里巻と後の花散里その人の造型とは、切り離して考えても良いのではないだろうか。この巻に横溢する叙情性を愛でたからこそ、立原道造は、わざわざこの巻を筆写し、「つめたい五月雨の空に一しきりほととぎすが啼きしきつた」という一節のある「花散る里」という小品を書いたのではないだろうか。昭和十一（一九三六）年七月十五日の小場晴夫宛の書簡で「今「花散里」といふロマンを考へてゐる。「花散里」といふのは源氏の巻の名だが、いま僕の描いてゐる、美しい恋のロマンにふさわしい題なんだ」(3)とあり、昭和十二（一九三七）年一月十五日の田中一三宛の書簡には「まとめて、ちひさひ本、岩波文庫より少し大型な本にしたい。……その内容は、……Ⅲが「花散る里」……題は「鮎の歌」とつける。……これは　夢！」(4)とも記している。立原自筆の花散里巻は、立原の作品の複製を多く手がけた堀内達夫(5)の麦書房から、平成三（一九九一）年に特製並製合わせて限定三一〇部の瀟洒な覆刻本が刊行されたため、詩人の独特の筆跡の花散里巻を手許に置くことが容易になった。そこにはこの巻を愛惜した詩人の思いをかいま見ることができる。

ところで、花散里巻は『伊勢物語』の六十段や六十二段の話と通底する部分がある。この問題については早く、三谷邦明「花散里巻の方法　―伊勢物語六十段の扱い方を中心に―」(6)があり、それを批判的に継承したものが、広田収「物語における伝承と様式　―伊勢物語六十段・六十二段と源氏物語花散里巻―」(7)である。以下、両論とは異なった視点から、花散里巻と『伊勢物語』六十段・六十二段の関係を考えてみる。

『伊勢物語』六十段は、次のような内容である。

むかし、男ありけり。宮仕へいそがしく、心もまめならざりけるほどの家刀自、まめにおもはむといふ人につきて、人の国へいにけり。この男、宇佐の使にていきけるに、ある国の祇承の官人の妻にてなむあると聞きて、「女あるじにかはらけとらせよ。さらずは飲まじ」といひければ、かはらけとりていだしたりけるに、さかなりける橘をとりて、

さつき待つ花たちばなの香をかげばむかしの人の袖の香ぞする

といひけるにぞ思ひいでて、尼になりて山に入りてぞありける。

男は勅命を受けての「宇佐の使」であり、これに奉仕する「ある国の祇承の官人の妻」となっている女との間の、身分的落差は顕著なものがある。このような男女の再会は、『蒙求』の「買妻恥樵」などに代表される朱買臣の故事に近い内容の話といえよう。「女あるじにかはらけとらせよ。さらずは飲まじ」というやや高圧的な物言いも、「尼になりて」という表現の背景に〈女は恥じて〉という考えが透けて見えるのも、そのことを証左する。更に、『伊勢物語』の六十二段は、この六十段から派生したものと思われ、文学的完成度こそ低いものの、散文的な物言いの分だけ、これらの章段の表現意図は明確である。

むかし、年ごろ訪れざりける女、心かしこくやあらざりけむ、はかなき人の言につきて、人の

国なりける人につかはれて、もと見し人の前にいで来て、もの食はせなどしけり。夜さり、「このありつる人たまへ」とあるじにいひければ、おこせたりけり。男、「われをばしらずや」とて、
いにしへのにほひはいづら桜花こけるからともなりにけるかな
といふを、いとはづかしと思ひて、いらへもせでゐたるを「などいらへもせぬ」と問へば、「涙のこぼるるに目も見えず、ものもいはれず」といふ。
これやこのわれにあふみをのがれつつ年月経れどまさりがほなき
といひて、衣ぬぎてとらせけれど、捨てて逃げにけり。いづちいぬらむともしらず。

ここでは最初から「心かしこくやあらざりけむ」と、女の思慮の浅さに読者の意識を向けさせるような、露骨なまでの言説が見られる。さらに「はかなき人の言」「人の国なりける人につかはれ」「もの食はせ」など、女の置かれている境遇を意地悪なほどに強調する。六十段では、「宮仕へいそがしく、心もまめならざりける」と男の側にも原因を求める書き方であったが、六十二段では、そのことは全く問われない。理由はどうであれ、という立場である。男の側に視点が設定されていることは明らかで、思慮浅い女の非を鳴らすことを急務としているといっても過言ではない。

ともあれ、女がやや落魄した身分となって男と再会するという基本的構図が『伊勢物語』の両段には見られ、男の側の論理が貫徹しているのであるが、花散里巻では男（光源氏）が政治的に窮地に追い込まれていることが背景にあり、そのような構図はない。そのことがあくまでもこの巻を叙情一色

に染めることを可能としている。巻中、心変わりをした中川の女への言及はあるが、花散里と形容される、女御と三の君の住まいでは、光源氏は心ゆくまで甘美な懐旧の情に身を委ねることができたのである。

三　花散里の容貌と裁縫の才能

前節で引用した細野はるみの解説には、「以前には特に描かれなかった花散里の個性を、従順で裁縫に長けるが容貌はむしろ醜の部類に入るとする」とあった。

花散里の裁縫や染色の技術が優れているのは、たとえば、六条院の野分の翌朝の場面に見られる。

東の御方へ、これよりぞ渡りたまふ。今朝の朝寒なるうちとけわざにや、物裁ちなどするねび御達、御前にあまたして、細櫃めくものに、綿ひきかけてまさぐる若人どもあり。いときよらなる朽葉の羅、今様色の二なく擣ちたるなど、ひき散らしたまへり。（中略）さまざまなるものの色どもの、いときよらなれば、かやうなる方は、南の上にも劣らずかしと思す。御直衣花文綾を、このごろ摘み出だしたる花して、はかなく染め出でたまへる、いとあらまほしき色したり。（野分二八一頁）

この記述の他にも、花散里が衣装の調進に携わる姿は多く描かれ、早く、東院時代から、五節の舞姫の装束を準備したり（少女五八頁）、母親代わりとなっていた夕霧には結婚後も夏冬の衣服を美しく整えている（夕霧四一三頁）。その夕霧が光源氏の四十の賀を主宰するときに当日の装束を整えたのも花散里だったし（若菜上九九頁）、源氏からは尼になった朧月夜の袈裟などを依頼されている（若菜下二六五頁）。確かに、これらの記述が集中するのは、東院移住後、特に六条院の夏の町の主人となってからである。そしてそれは、花散里の容姿が劣っているという記述とも連動する。

花散里の容貌について詳しく書かれるのは、初音巻の新春の六条院の女性達の点描の中においてである。

縹はげににほひ多からぬあはひにて、御髪などもいたく盛り過ぎにけり。やさしき方にあらねど、葡萄鬘してぞつくろひたまふべき、我ならざらん人は見ざめしぬべき御ありさまを、かくして見るこそうれしく本意あれ、心軽き人の列にて、我にそむきたまひなましかば、など御対面のをりをりには、まづわが御心の長さも、人の御心の重きをも、うれしく思ふやうなりと思しけり。（初音一四七頁）

髪の美を重視する当時にあって、「やさしき方にあらねど、葡萄鬘してぞつくろひたまふべき」という光源氏の感想はやや露骨に過ぎよう。また、「我ならざらん人は見ざめしぬべき御ありさまを、かくして見るこそうれしく本意あれ」と、光源氏から思われているということは、花散里にとって、はたして名誉なことであるのか、大いに疑問である。更にいえば、「心軽き人の列にて、我にそむきたまひなましかば」という心中思惟は、前節で見た『伊勢物語』六十・六十二段と通底するものでもあるのである。花散里の表象は、このような、光源氏自身の言説や、心中思惟の線上にあることを確認しておかなければならない。

花散里は夕霧の母親代わりでもあるが、その夕霧の眼を通しても、「ほのかになど見たてまつるにも、容貌のまほならずもおはしけるかな、かかる人をも人は思ひ棄てたまはざりけり」(少女六七頁)とも書かれていた。藤壺─光源氏のような関係の再燃を避けるためには、夕霧の養母花散里にとって、「容貌のまほならず」という要素は、物語の設定上必要とされたことかもしれないが、ここでは「かかる人(花散里)をも人(光源氏)は思ひ棄てたまはざりけり」と、源氏の心長さを称揚する言説へと収斂している点を重視すべきであろう。その意味で、この少女巻の記事と前出の初音巻の記述とは、かたや夕霧の視点であり、かたや光源氏の感慨であるが、同一の論理によって貫かれていると言える。

さてこれら、裁縫・染色にすぐれている点、容貌が劣っている点は、花散里巻以降当初は見られない要素で、物語内の時間でいえば、初登場から七、八年も経過してのことである。この間に、姉の麗景殿女御は物語から姿を消し、花散里という呼称は妹の三の君に固定化し、その三の君は、二条の東院の人となっている。更に、源氏三十二歳の薄雲巻で明石の姫君を紫の上の養女とすると、三十三歳少女巻では花散里を夕霧の母代とする。世間の知る光源氏の子供は、明石の姫君と夕霧の二人だけであるから、この待遇意識は明白であって、花散里は紫の上と並び、しかも「紫の上を脅かすことのないように設定」（前出、沢田論文）されたのである。そこでは、花散里の穏やかな性格がひたすら強調され、容貌の上でも、紫の上とは比肩できないというように造型されたのである。

さて、このように、花散里が二条の東院の人になると、容貌が劣っている点、裁縫がすぐれている点が強調されてくる。これはいうまでもなく、帚木巻の「雨夜の品定め」の左馬頭の体験談に出てくる、いわゆる指喰いの女の人物像とほぼ完全に重なり合う要素である。左馬頭の発言をまとめてみよう。

「容貌などいとまほにもはべらざりしかば」（帚木七一頁）「いと、かからでおいらかならましかば」（七一頁）「醜き容貌も、この人に見や疎まれんと、わりなく思ひつくろひ、疎き人に見えば面伏せにや思はなんと、憚り恥ぢて」（七二頁）「龍田姫と言はむにもつきなからず、織女の手にも劣るまじく、その方も具して、うるさくなんはべりし」（七六頁）

さらに、左馬頭はこの体験談に先立って、理想の女性として、「今はただ品にもよらじ、容貌をばさらにも言はじ、いと口惜しくねぢけがましきおぼえだになくは、ただひとへにものまめやかに、静かなる心のおもむきならむよるべをぞ、つひの頼みどころには思ひおくべかりける。」（帚木六五頁）とも述べていた。

容貌の劣ること、裁縫・染色の才能のみならず、「ものまめやかに、静かなる心」という点においても、左馬頭の言説は、花散里の表象と通底する。

雨夜の品定めは、いわば、男の、男による、男のための女性談義であって、こういった場面を構築した作者の皮肉なまなざしを考えねばならぬが、当面の問題として、このような場面に登場する女性の典型の一つが、後の花散里という登場人物に投影しているとすれば、この人物像の背後にあるものが透けて見えるのではないか。

四　花散里の表象の特色

再び細野の解説に戻れば、光源氏と花散里の関係は「当時の結婚生活の理想的なあり方」であった。しかしこれは言うなれば、男の側からの女性表象であった。女の側からすれば、たとえば『落窪物語』が道頼と落窪の姫君を理想的な一対の夫妻として形象したごとく、一夫一妻の水も漏らさぬ夫婦仲こそ、理想的なありようであったに相違ない。

松風・薄雲・朝顔・少女巻の東の院を含めた二条院構想、少女巻に始まる六条院構想を、共に一夫多妻の理想郷と考えれば、この問題は明確になる。すなわち、光源氏の周辺の女性達が、衛星のように源氏を取り巻きながら、女主人である紫の上を中心に女性同士が睦び交わして、理想的な空間を形成するという構図である。

それは光源氏にとっての理想郷であったが、女性達にとってはどうであったか。(8)玉鬘十帖での女主人の紫の上はひたすら明るく、直前の朝顔巻の苦悩が影を落としていないこと、東院に移ることを首肯しなかった明石の君が六条院にはいとも簡単に合流すること(9)、などから伺えるように、作者は女性たちの内面を描こうとはしていない。紫の上や明石の君の心理には極力触れずに、花散里は穏やかな控えめな人間像として固定することによって、一夫多妻の理想郷が可能になったのである。

では花散里の人物像は、物語の内容に奉仕するためだけに、穏やかな控えめな女性として形象されたのか。だとすれば、この人物は物語の部品の一つのようなもので、人間的な深みを求めることはできないのではないかと思われる。しかし、この物語の作者は、花散里をそのような平面的人物(10)とはしていないのである。物語のプロットの要請のために造型された性格であり、登場人物である花散里を、平面的人物から救った作者の技法はどのようなものか。

それは、花散里の人物像の多くを、光源氏の視線を通して描いたり、光源氏の言葉によって語らせたりする方法である。

たとえば、次のような部分がある。

東の院にものする人の、そこはかとなくて心苦しうおぼえわたりはべりしも、おだしう思ひなりにてはべり。心ばへの憎からぬなど、我も人も見たまへあきらめて、いとこそさはやかなれ。(薄雲四六〇頁)

東の院にながむる人の心ばへこそ、古りがたくらうたけれ。さはたさらにえあらぬものを。さる方につけての心ばせ人にとりつつ見そめしより、同じやうに世をつつましげに思ひて過ぎぬる

よ。（朝顔四九三頁）

二つとも光源氏の発言であって、前者は梅壺女御との対話、後者は紫の上との対話の中に見えるものである。花散里の生き様が「さはやかな」ものであるということも、「世をつつましげに思」っているというのも、実は光源氏の言葉を通して語られているのであった。前節でみた初音巻で花散里のことを「人の御心の重きをも、うれしく思ふやうなり」と思っているのも、やはり光源氏その人である。このように、花散里が控えめで穏やかな人物であるということを、主として光源氏の目や口を通して語ることによって、この人物に物語構造上の役割を果たさせつつも、それがこの人物のすべてではないという別の側面を存在させることが可能になったのである。男にとっての理想像を、男の心理や視線や言語を通過させることによって表象しているのである。

従って、花散里の控えめな穏やかな性格がどのように強調されようと、それがすべてではないという複雑な造型が可能となっているのである。そのことが、明確な形で示されるのは、物語も第二部に進んだ夕霧巻においてである。

夕霧は、花散里を養母として成長し、紆余曲折はあったものの第一部の末尾で従姉妹の雲居雁と筒井筒の恋を成就させる。ところが、それから約十年後、親友であり義兄でもあった柏木の妻落葉宮とのことが、この夕霧夫妻の家庭争議の原因となる。

花散里は雲居雁に同情的で「三条の姫君の思さむことこそいとほしけれ。のどやかにならひたまうて」と言うが、夕霧は次のように言葉を返す。「などてか、それをもおろかにはもてなしはべらん。かしこけれど、御ありさまどもにても、推しはからせたまへ。なだらかならむのみこそ、人はつひのことにははべめれ。……さてはこの御方の御心などこそは、めでたきものには見たてまつりてはべりぬれ」（夕霧四七〇頁）

夕霧は、雲居雁も大切にするので、穏やかにしているのが一番良い、そのことは、「御ありさまども」からお分かりになるでしょう、六条院で穏やかに他の女性たちとも協調して生きているあなた方のようであってくれればよい、と言っているのである。特に最後の部分は、源氏の訪れの少ないあなたなどは特にご立派で、と言わんばかりの無神経な発言である。さすがにこれに対しては花散里も「ものの例に引き出でたまふほどに、身の人わろきおぼえこそあらはれぬべう」と、やんわりながら皮肉で応じている。もちろん、母親代わりとして育てた夕霧に対してだから言うことができた言葉であるが。

結局この夕霧の浅薄な発言によって、読者は、花散里の控えめで穏やかな性格は、この人物の一面ではあっても全的なものではないことを知らされるのである。

まとめにかえて　夕霧の発言の明快さの限界

このように、花散里の性格は、紫の上と融和しつつ、夕霧や玉鬘の後見者として、六条院体制を内部で支えるために、あらまほしき人物として次第に固定化してきたものであった。性格のみならず、容貌が劣ることも、裁縫や染色の優れた才能もまたそのような人物像にふさわしいものであった。それは一夫多妻の理想的空間を中年期の光源氏が主宰するという、物語の構造からの要請であった。その理想的空間が畢竟男性の視点から成り立っていることは言うまでもない。

花散里の人物像が、物語のプロットの要請に呼応するようなものでありながら、その枠を越えて陰影の深いものとなることができたのは、この人物の性格を、光源氏の視線や言葉を通して多く表現した事による。したがって、光源氏にとっての理想像と、現実の花散里との間に、ごく僅かながらずれのようなものをおくことが可能となったのである。

光源氏の眼に映じた花散里の姿が全的なものではないのではないか、このような漠然とした思いは、遙か以前、物語のごく初期、雨夜の品定めで語られた指喰いの女の要素と花散里のそれとが重なって来るにつれて、次第に強くなる。そしてそのことにきちんとした回答を与える役回りが、夕霧に課せられた。夕霧が花散里の心用意のすばらしさを称揚するその瞬間に、花散里を穏やかな控えめな人物とだけ考えることの限界性が示されることになる。(11) この夕霧の発言が、極めて効果的であるだけに逆に不満がなくもない。

夕霧の発言は、読者を誤りようのない一つの解釈に導いてしまうものではないか。物語としては明快であっても、花散里が控えめなだけの人物ではないのではないかということは、読者に漠然とした疑問のまま預けていた方が、作品の奥行きは一層深くなったのではないかと思われる。花散里が常に穏やかに振る舞うことに、読者が僅かな違和感を覚えつつも、物語はそれ以上語らない、という選択もあったのではないだろうか。

そのように、決定的な方向性を示すことを留保しても、解釈の鍵は決して与えられていないのではない。若菜上巻で、女三宮の降嫁に苦悩する紫の上に対して、「他御方々よりも、「いかに思すらむ。もとより思ひ離れたる人々は、なかなか心やすきを」など、おもむけつつとぶらひきこえたまふ」（若菜上六七頁）と記されていた。ここで「他御方々」とは、明石の君と花散里をまず考えるべきであろう。「はじめからあきらめている私達は」と言わんばかりの言葉は、花散里たちの心中の暗さをちらりと示すものに他ならない。この示唆的な表現のみに留めることも可能であったはずである。そのほうが作品としての完成度は高かったかもしれない。しかし、作者が敢えてだめ押しのように、夕霧の浅薄な発言を設定したのは、男性の、光源氏の眼に映じた理想的な女性としての花散里の女性表象を、一度解き放ってやりたいという思いがあったのかもしれない。

注

（1）『源氏物語の美意識』笠間書院、一九七九年、初出は「源氏物語における花散里の役割」『言語と文芸』六五号、一九六九年七月。

（2）「花散里試論」『国語と国文学』一九六〇年二月号、後に『源氏物語の構造』「花散里の場合」桜楓社、一九六六年。

（3）小場晴夫宛書簡、田中一三宛書簡ともに、『立原道造全集』第五巻、筑摩書房、二〇一〇年、による。

（4）立原没後、堀辰雄編纂の『鮎の歌』としてまとめられる。
（5）立原道造、津村信夫、中原中也らの作品の普及に尽力した異色の人物の古本屋時代の横顔を中心に的確にまとめた略伝が、青木正美『古本屋群雄伝』ちくま文庫、二〇〇八年に収載されている。
（6）『中古文学』一五号、一九七五年。
（7）『日本文学』一九八五年四月号。
（8）田坂「六条院構想の成立に関する試論」『源氏物語の人物と構想』和泉書院、一九九三年。
（9）田坂「二条東院構想の変遷」『源氏物語の人物と構想』。
（10）E．M．フォースター『小説の諸相』（『フォースター著作集』八、中野康司訳、みすず書房、一九九四年）の用語による。米田一彦訳『小説とは何か（小説の諸相）』（ダヴィッド社、一九六九年）では「扁平人物」の訳語を用いる。
（11）田坂「花散里像の形成」『源氏物語の人物と構想』。

第三章　玉鬘の人生と暴力
――『源氏物語』の淑女と髯――

はじめに

本稿は、日本文学と英米文学の共同研究「文学における女性と暴力」のために書かれたものである。「暴力」というものの定義は極めて困難であろう。言うまでもなく、直接的に肉体に加えられる暴力から、心理的なそれまで、極めて多岐に渡る。現代日本において最大規模の国語辞典である『日本国語大辞典』（小学館。初版、一九七一年。第二版、二〇〇一年。以下の記述例文は初版・二版に共通するもの）によれば、暴力とは〈①乱暴な力。無法な力。不当な腕力。②不法または不当な仕方で物理的な強制力を行使すること。またその力〉との定義が与えられ、後者の例文としては、福沢諭吉『文明論の概略』から「政府の暴力と人民の智力とは正しく相反対するものにて」の一文が引用される。辞書の常として、できるだけ幅広く語義を定義しようとし、そのため抽象的な言い回しに終始するのはやや物足りないものではあるが、それでも、このあたりを共通認識として捉えて良かろう。

研究分担者である筆者に与えられた課題は、筆者自身の主たる研究テーマであり、かつ日本古代文学の代表作品である『源氏物語』を、この統一テーマで分析すると、何が見えてくるかという点である。「女性と暴力」という概念からすぐに想起されるのは、光源氏における空蟬、柏木における女三宮、匂宮における浮舟などであろうが、それらのステレオタイプ的な素材ではなく、本稿では玉鬘を取り上げてみたい。上記三人は、局面集中的な描写や物語主題により、暴力との関係が一見して明らかである。これに対して玉鬘は、やや分かりにくい形ではあるが、その生涯においていくつかの異なった種類の暴力に直面しているのである。この玉鬘を、「女性と暴力」という観点から捉え直してみるのが本稿の目的である。

一　玉鬘の誕生から成人まで

玉鬘は、後の致仕太政大臣である頭中将が、蔵人少将時代に知り合った夕顔との間にもうけた子である。頭中将の北の方である右大臣家の四の君から圧力を受けて、夕顔は二歳の子、のちの玉鬘をつれて、姿を隠さざるを得なかった。

はかなきもののたよりにて、頭中将なんまだ少将にものしたまひし時、見そめたてまつらせたまひて、三年ばかりは心ざしあるさまに通ひたまひしを、去年の秋ごろ、かの右の大殿よりいと恐ろしきことの聞こえ参で来しに、もの怖ぢをわりなくしたまひし御心に、せむかたなく思し怖ぢて、西の京に御乳母の住みはべる所になむ、はひ隠れたまへりし。（夕顔一八五頁）

「幼き人まどはしたりと中将の愁へしは、さる人や」と問ひたまふ。「しか。一昨年の春ぞものしたまへりし。女にていとらうたげになむ」と語る。(夕顔一八六頁)

夕顔の父は、上達部の一員である三位中将の地位にあったが、その父亡き後の不安定な立場では、権勢家右大臣家の圧力には抗すべくもない。「もの怖ぢをわりなくしたまひし御心」という夕顔自身の性格も与るところがあっただろうが、現春宮の祖父である右大臣家や、春宮の母の弘徽殿女御を姉に持つ四の君の圧倒的な権勢を笠に着た物言いには、ただ黙して姿を隠すという以外の選択はなかった。こうして玉鬘はまだ物心が付く前から権勢の暴力に翻弄され、数奇な運命を歩み始めるのである。玉鬘自身は意識していないが、この右大臣の権勢こそ、玉鬘が最初に被った圧力・暴力であった。

西の京に移った夕顔は、その後、五条の陋屋へと再度住まいを改め、ここで惟光の母でもある大弐の乳母の病気見舞いに来た光源氏が、垣根に咲く夕顔の花に目を留めたことから、源氏が通うこととなる。ところが出会いから半年も経たないうちに、源氏に伴われた某の院で、夕顔は急死してしまう。後の玉鬘が三歳の秋、八月のことであった。夕顔との関わりやその死について公にできない光源氏は、五条の陋屋の人々にも一切事情を知らせなかった。三歳の玉鬘は、もともと五条に同行していなかったが、母夕顔の消息が不明になった後も、事情が分からないままに、西の京の乳母(母夕顔の乳母)のもとで日を送っていた。翌年、その乳母の夫が大宰少弐に任官して下向するときに、乳母の一家に伴われて、遙か筑紫まで下ることになる。

かの西の京にとまりし若君をだに、行く方も知らず、ひとへにものを思ひつつみ、また、「今さらにかひなき事によりて、わが名もらすな」と口がためたまひしを憚りきこえて、尋ねても訪れきこえざりしほどに、その御乳母の夫、少弐になりて行きければ、下りにけり。かの若君の四つになる年ぞ、筑紫へは行きける。(玉鬘八八頁)

母方の祖父は三位中将、父は左大臣の嫡男頭中将という高貴な血を引き、四歳の当時から「いとうつくしう、ただ今から気高くきよらなる御さま」(玉鬘八九頁)であった、この姫君を平安京の外、山城の国の外、畿外はるかな筑紫まで同道することは、西の京の乳母の一家にとっては大いに躊躇された。「あやしき道に添へたてまつりて、遙かなるほどにおはせむことの悲しきこと」(玉鬘八八頁)、「あやしき所に生ひ出でたまふも、かたじけなく思ひきこゆれど」(玉鬘九一頁)と、繰り返される「あやしき」という言葉に、玉鬘の生育した環境の異常さが凝縮されている。

時は流れ、大宰少弐の任期も満了したが、西の京の乳母の夫は、一家を連れて帰京することができなかった。上京の方途もそのための財力もなく、ずるずると筑紫でいたずらに歳月を送ることとなった。その少弐が、死に臨んで、「ただこの姫君京に率てたてまつるべきことを思へ。わが身の孝をば、な思ひそ」(玉鬘九一頁)と遺言したのは「あやしき」境涯にこの姫君を埋もれさせてはいけないとの思いであった。

しかしこの少弐の言葉もむなしく、残された遺族たちは帰京の望みも果たせず、年月はさらに積み重なった。「この君ねびととのひたまふままに、母君よりもまさりてきよらに、父大臣の筋さへ加はればにや、品高くうつくしげなり」（玉鬘九二頁）と、美しく成長したが、土地のものたちの目を逸らすために、故少弐の妻であるもとの西の京の乳母などは「容貌などはさてもありぬべけれど、いみじきかたはのあれば、人にも見せで尼になして、わが世の限りは持たらむ」（玉鬘九二頁）などと言いふらしていたのであった。

二　玉鬘と大夫監・糊塗された暴力

玉鬘に転機が訪れたのは「二十ばかり」になったころである。
故少弐の妻であるもとの西の京の乳母、遺児の豊後介たち、そして玉鬘は肥前国に住んでいたが、隣国肥後国の実力者の大夫監という人物が、玉鬘の噂を聞きつけ、求婚してくることとなる。

大夫監とて、肥後国に族ひろうて、かしこにつけてはおぼえあり、勢いかめしき兵ありけり。むくつけき心のうちに、いささか好きたる心まじりて、容貌ある女を集めて見むと思ひける。この姫君を聞きつけて、「いみじきかたはありとも、我は見隠して持たらむ」と、いとねむごろに言ひかかるを、いとむくつけく思ひて、「いかで。かかることを聞かで、尼になりなむとす」と言はせたりければ、いよいよ危ふがりて、おしてこの国に越え来ぬ。この男子どもを呼びとりて語らふことは、「思ふさまになりなば、同じ心に勢をかはすべきこと」など語らふに、二人はおもむきにけり。「しばしこそ似げなくあはれと思ひきこえけれ、おのおのわが身のよるべと頼まむに、いとたのもしき人なり。これにあしくせられては、この近き世界にはめぐらひなむや。よき人の御筋といふとも、親に数まへられたてまつらず、世に知らでは何のかひかはあらむ。この人のかくねむごろに思ひきこえたまへるこそ、今は御幸ひなれ。さるべきにてこそは、かかる世界にもおはしけめ。逃げ隠れたまふとも、何のたけきことかはあらむ。負けじ魂に、怒りなば、せぬ事どももしてん」と言ひおどせば、いといみじと聞きて、中の兄なる豊後介なむ、「なほいとたいだいしくあたらしきことなり。故少弐ののたまひしこともあり。とかく構へて京に上げたてまつりてん」と言ふ。（玉鬘九三頁）

このように、中央の権威の及ばない、地方の勢力の代表として措定されたのが、肥後国の大夫監である。「大夫監」は大宰府の判官で五位に叙せられたものであるから、もともとの呼称を考えれば中央の官位に組み込まれたものであるが、「族ひろうて、かしこにつけてはおぼえあり、勢いかめしき兵」と土地に根を張って勢力を拡大し、恐らく強大な武力を背景に持った存在であったと思われる。中央からの任命によって赴任した大宰少弐の遺族である乳母一家が帰京できなかったのも「この少弐の仲あしかりける国の人多くなどして、とざまかうざまに怖ち憚りて、我にもあらで年を過ぐ」したためであった。中央の権威も一皮むけば「国の人」を「怖ち憚」るような内実があった。まして「いかめしき兵」の大夫監に逆らうことなどできはしない。「これにあしくせられては、この近き世界にはめぐらひなむや」「負けじ魂に、怒りなば、せぬ事どもしてん」と少弐の遺児の内の二人が考えたのも無理のないことであった。大宰府の官人の序列としては下位に甘んじている大夫監の力の前に、上官であった大宰少弐の遺児たちは太刀打ちできないのである。「この近き世界」では中央の権威も在地の勢力には及ばないのであった。大夫監は、別の場面で「国の中の仏神は、おのれになむなびきたまへる」（玉鬘九七頁）などと得意げに述べている。この部分に対して、新編では削除されたが、旧版の『日本古典文学全集』が「監は神仏に命令するつもり。思いあがった監の言葉は、一歩誤れば笑劇的な誇張に堕しかねないが、ここではなお真実味が看取されよう。」（九一頁、頭注二六）と大変面白い注を付している。「真実味」のある、在地の実力という内実を伴った発言でもあったのである。とすれば、二郎や三郎の反応の方が理に叶ったものであり、長兄豊後介の言葉は父少弐の遺言に背くまいとの思いからでたものであるが、非現実的な考えであったといえよう。

やがて大夫監は、二郎をうまく抱き込んで完全に味方に付けて、自身で乗り込んでくる。

　みづからも、この家の二郎を語らひとりて、うち連れて来たり。三十ばかりなる男の、丈高くものものしくふとりて、きたなげなけれど、思ひなしうとましく、荒らかなるふるまひなど、見るもゆゆしくおぼゆ。色あひ心地よげに、声いたう枯れてさへづりゐたり。懸想人は夜に隠れたるをこそ、よばひとは言ひけれ、さま変へたる春の夕暮れなり。秋ならねども、あやしかりけり

と見ゆ。（玉鬘九五頁）

「丈高くものものしくふとりて」「荒らかなるふるまひ」と描写される大夫監は、まさしく「乱暴な力。無法な力。不当な腕力」を体現した存在であった。中央に対する地方の力であると同時に、圧倒的な乱暴性を内奥に秘めた存在として造型されていると考えて良かろう。もちろんそれは、『源氏物語』的世界とは相対立するものであるから、その攻撃性・暴力性は否定されねばならぬものであった。圧倒的な武力や腕力の前には、洗練された文化などひとたまりもなく破壊されてしまうということを、白日にさらせば、社会は荒みきったものとなるであろう。そうした側面を糊塗して、『源氏物語』の世界の優越性、都の、雅やかな文化の優越性は、保持されねばならなかった。したがって、大夫監の姿は巧みに揶揄されながら綴られて行く。

引用末尾の部分の「懸想人は夜に隠れたるをこそ、よばひとは言ひけれ、さま変へたる春の夕暮れなり。秋ならねども、あやしかりけりと見ゆ」という文体は、『竹取物語』の五人の求婚譚のそれぞれの末尾を彷彿とさせる泥臭い文章である。内容に合わせて、あえて素朴な、あかぬけしない文体を用いてみたものであろう。そしてそれは、大夫監を揶揄するには格好の表現なのであった。

かくして、都の家柄や血筋をもってしても、武力を背景にした在地の大夫監の力には、なすすべもない少弐の遺児たちであった。母乳母が頼りにするただ一人の息子の豊後介でさえも「この監にあたまれては、いささかの身じろきせむも、ところせくなむあるべき。なかなかなる目をや見む」（玉鬘九九頁）と、圧倒的な大夫監の力の前に、思案に窮したのであった。結局、大夫監が「肥後に帰り行きて」不在の僅かな隙をついて「夜逃げ出でて舟に乗り」九州脱出を図ったのであった。大夫監の味方になった遺児たちは別として、豊後介と同じ心の兄弟たちも、それぞれこの地で結婚をし、係累もできていたが、あるものは「年ごろ経ぬるよるべを棄てて」同行し、ある者は「類ひろくなりてえ出たたず」と大きな犠牲を払っての脱出行であった。

「海賊の舟にやあらむ、小さき舟の、飛ぶやうにて来る」など言ふ者あり。海賊のひたぶるならむよりも、かの恐ろしき人の追ひ来るにや、と思ふにせむかたなし。

憂きことに胸のみ騒ぐ響きにはひびきの灘もさはらざりけり

「川尻と言ふところ近づきぬ」と言ふにぞ、少し生きいづるここちする。（玉鬘一〇〇頁）

海賊以上に恐ろしい大夫監の追尾を考えると、生きた心地もしない船旅であったが、風にも恵まれ、無事に淀川河口にたどり着いたときは、ようやく生き返ったような思いであった。しかし、豊後介が「いとかなしき妻子も忘れぬ」「げにぞ、みなうち棄ててける。……（大夫監は）我をあしと思ひて追ひまどはして、いかがしなすらん」と心配し、妹の兵部の君が「年ごろ従ひ来つる人の心にも、にはかに違ひて逃げ出でにしを、いかに思ふらん」と思惟したように、残してきた人々の災いや夫の心情を考えると、あまりに大きな代償を支払ったのであった。ともあれ、こうして暴力的求婚者の大夫監の虎口を逃れた玉鬘は、やがて初瀬の観音の導きで右近と再会、右近の仲介で、六条院の光源氏の許に身を寄せることとなり、新たな人生が開けるのである。

三　六条院の玉鬘・擬装された暴力

光源氏は、玉鬘の住まいを、六条院の「丑寅の町の西の対、文殿にてあるを、他方へ移して」（玉鬘一二五頁）と思い定める。丑寅の町の女主人花散里は「あひ住みにも、忍びやかに心よくものしたまふ御方なれば、うち語らひてもありなむ」と、格好の住まいであった(1)。一旦右近の屋敷に身を寄せていた玉鬘が、六条院の夏の町に移ったのは、源氏三十五歳の十月のことであった。六条院に移ってきたその夜、早速姿を見せた光源氏は、玉鬘の美しい容貌に満足して、紫の上に次のように語る。

めやすくものしたまふを、うれしくおぼして、上にも語りきこえたまふ。「さる山がつのなかに年経たれば、いかにいとほしげならむと侮りしを、かへりて心恥づかしきまでなむ見ゆる。かかるものあり、といかで人に知らせて、兵部卿宮などの、この籬の内好ましうしたまふ心乱りにしがな。すき者どもの、いとうるはしだちてのみこのわたりに見ゆるも、かかるもののくさはひのなきほどなり。いたうもてなしてしがな。なほうちあはぬ人の気色見あつめむ」とのたまへば、「あやしの人の親や。まづ人の心励まさむことを先に思すよ。けしからず」とのたまふ。「まことに君をこそ、今の心ならましかば、さやうにもてなして見つべかりけれ。いと無心にしなしてし

わざぞかし」とて、笑ひたまふに、面赤みておはする、いと若くをかしげなり。硯ひき寄せたまうて、手習ひに、

恋ひわたる身はそれなれど玉かづらいかなる筋をたづね来つらむ（玉鬘一三一頁）

「かへりて心恥づかしき」ほどの美貌に、この玉鬘を六条院の花として、兵部卿宮などの好き者たちの心を騒がせてみようと考えるのである。実際、「玉を敷ける」「生ける仏の御国とおぼゆ」（初音一四三頁）とも評される六条院に唯一欠けていたのは、風流貴公子たちが心寄せる年頃の姫君であった。画龍点睛を欠く観のあった六条院に、玉鬘という格好の役者を得て、玉鬘十帖とも呼ばれる六条院を舞台とした、豪華絢爛な物語が展開することとなる。猶、玉鬘という呼称はこの時の、光源氏の詠んだ和歌に由来する。

正月臨時客当日、早くも「若やかなる上達部などは、思ふ心などものしたまひて、すずろに心げさうしたまひつつ、常の年よりもことなり」（初音一五二頁）と描かれ、源氏の目論見は見事に当たった。玉鬘も明石の姫君や紫の上と対面し、六条院の中で安定した一つの位置を占めるようになる。六条院の花となった玉鬘にあこがれる人たちは多く、腹違いの姉妹とも知らぬ柏木なども密かに心を焦がしていた。胡蝶巻では、親代わりを自認する光源氏が、玉鬘に寄せられた懸想文に眼を通す姿が描かれている。光源氏の眼鏡にかなったのは、蛍兵部卿宮、鬚黒大将、そして柏木の三人であった。

宮、大将などは、殿の御けしき、もて離れぬさまに伝へ聞きたまうて、いとねむごろに聞こえたまふ。この岩漏る中将も、大臣の御許しを見てこそかたよりにほの聞きて、まことの筋をば知らず、ただひとへにうれしくて、下り立ち恨みきこえまどひ歩くめり。（胡蝶一九一頁）

「まことの筋」を知らない異母兄の「岩漏る中将」（柏木）は、最終的には求婚者の資格を満たさないことになり、「宮、大将」の二人に絞られた観もあるが、一方で実父でない光源氏もまた、玉鬘への思いを押さえ切れぬようになっていた。

光源氏は、五月雨の六条院を訪れた実弟の兵部卿宮に、蛍を放ってその光で玉鬘の姿を垣間見させて、いっそう思いを募らせるようにし向けた。蛍宮の名称の由来ともなった有名な場面である。

この巻では、光源氏と花散里の会話の形で「兵部卿宮の、人よりはこよなくものしたまふかな。容貌などはすぐれねど、用意気色などよしあり、愛敬づきたる君なり」（蛍二〇七頁）「右大将などをだに、心にくき人にすめるを、なにばかりかはある、近きよすがにて見むは、飽かぬことにやあらむ」（蛍二〇八頁）とも記され、蛍宮が一歩先んじている形である。

玉鬘十帖は、過去に遡って玉鬘の数奇な半生を記す玉鬘巻を受けて、次の初音巻から、月並屛風か勅撰集の部立を見るように、美しい季節の風物を背景に物語が纏綿と綴られていく。それらを列挙すれば、初音巻（春）、胡蝶巻（春～初夏）、蛍巻（夏）、常夏巻（夏）、篝火巻（初秋）、野分巻（秋）、行幸巻（冬～春）となる。ここで注目されるのは、夏の比重の重さである。勅撰集の例を挙げれば、『古今和歌集』では夏一巻に対して春・秋二巻、『後撰和歌集』では夏一巻に対して春・秋三巻、夏の部の所収歌数自体が少ないから、実質的には夏と春・秋との差はさらに大きくなる。これらの通例に反して、玉鬘十帖で夏の比重を重くしたのは、この夏という季節に、光源氏の玉鬘への思いを象徴させようとしたのではないかと思われる。実際、光源氏が「うちとけてねもみぬものを若草のことあり顔にむすぼほるらむ　幼くこそものしたまひけれ」と、玉鬘への思いを具体的に「色に出」だしたのは胡蝶巻末、初夏の一日であった。以下、蛍・常夏巻と、光源氏の恋心に苦慮する玉鬘の姿が描かれる。実子でもないのにこのようにかしづきたててくれる光源氏の厚意には感謝しきれないものがあるが、一方でしばしばほのめかされるこの養父の恋心は、体にまとわりつくような京都盆地の夏の暑さでもあった。玉鬘の生涯において、最も雅やかに擬装された暴力であった、とも言えようか。

七月五、六日、暦月の上では秋である篝火巻の場面で、光源氏は「篝火にたちそふ恋の煙こそ世には絶えせぬほのほなりけり、いつまでとかや。ふすぶるならでも、苦しき下燃えなりけり」と玉鬘に恋情を訴えるが、この直前の源氏の言葉に「絶えず人さぶらひて点しつけよ。夏の、月なきほどは、庭の光なき、いとものむつかしく、おぼつかなしや」とある。七月であるにもかかわらず、ここに「夏」とある源氏の言葉の扱いに、古来注釈書は苦慮しており、『弄花抄』などは「秋もいまだあつき頃は、大かた夏の心あり、其義也」と苦しい注を付けている。当時は七夕の後に立秋が来ることもまれではなかったから、(2)ここでは未だ立秋を迎えていないとも考えられよう。そのこと以上に作者は、光源氏の玉鬘に対する「苦しき下燃え」の恋情を、夏の色に染め上げたかったのではなかろうか。

四　転回する物語

前節で見たように、玉鬘求婚譚は、一般の懸想人の中では蛍宮が一歩先んじつつも、養父光源氏というやっかいな存在を抱えながら、結論を先送りにして、六条院は秋から冬へと進んでいく。ところが、年末の大原野行幸を境に、物語は大きく転回を始める。

西の対の姫君もたちいでたまへり。そこばくいどみつくしたまへる人の御容貌、ありさまを見たまふに、帝の、赤色の御衣奉りてうるはしう動きなき御かたはら目に、なずらひきこゆべき人なし。……御輿のうちよりほかに、目うつるべくもあらず。……源氏の大臣の御顔ざまは、別物とも見えたまはぬを、思ひなしの今少しいつかしう、かたじけなくめでたきなり。さは、かかるたぐひはおはしがたかりけり。あてなる人は、みなものきよげにけはひことなべいもの、とのみ大臣、中将などの御にほひに目馴れたまへるを、出で消えどものかたはなるにやあらむ、同じ目鼻とも見えず、口惜しうぞ圧されたるや。兵部卿宮もおはす。右大将の、さばかりおもりかによしめくも、今日の装ひいとなまめきて、胡ぐひなど負ひて仕うまつりたまへり。色黒く鬚がちに見えて、いと心づきなし。いかでかは、女のつくろひたてたる顔の色あひには似たらむ。いとわりなきことを、若き御心地には見おとしたまうてけり。大臣の君のおぼしよりてのたまふことを、いかがはあらむ、宮仕へは心にもあらで見苦しきありさまにや、と思ひつつみたまふを、馴れ馴れしき筋などをばもて離れて、おほかたに仕うまつり御覧ぜられむは、をかしうもありなむかし、とぞ思ひよりたまうける。（行幸二九〇頁）

行幸見物に出掛けた玉鬘が帝の姿に接して、「なずらひきこゆべき人なし」というのは当然の感想ではあろうが、美々しき冷泉帝の姿に玉鬘の目は釘付けになり、ほかに目移りもしないと言うのである。光源氏の顔立ちは帝そっくりであるが、その源氏と比べても、冷泉帝の方が「思ひなしの今少しいつかしう、かたじけなくめでたきなり」と玉鬘は思ったのであった。そのような帝を前にしては、有力な求婚者の一人の蛍宮は、「兵部卿宮もおはす」とそっけなく記されるのみである。鬚黒大将に至っては、「色黒く鬚がちに見えて、いと心づきなし」と否定的言辞で紹介されているのである。この玉鬘の心の動きを読んだかのように、光源氏から帝に出仕する話が持ち出される。玉鬘は多少躊躇する気持ちはあるが、「おほかたに仕うまつり御覧ぜられむは、をかしうもありなむかし」と、気持ちが宮仕えへと傾くのであった。

そののち、光源氏は帝への出仕を「絶えず勧めたまふ」（行幸二九五頁）と記されており、翌年二月裳着の折には実父内大臣と親子の対面も行われ、宮仕えに向けて着々と進みつつあった。父方の祖母大宮の服喪のため半年近い遅延はあったが、その年十月に出仕と決まった。「馴れ馴れしき筋などをばもて離れて」という玉鬘の当初の思い通り、女御や更衣ではなく、尚侍としての宮仕えである。ただ玉鬘の気持ちを憂鬱にさせていた問題があった。尚侍とは言え、帝寵を被る可能性はある。そうすれば、光源氏の養女秋好中宮や、内大臣の実子で自身とは腹違いの姉妹になる弘徽殿女御と競合する立場になるのである。聡明な玉鬘であるだけに「中宮も女御も、方々につけて心おきたまはば、はしたなからむ」（藤袴三二七頁）と、そうした可能性の存在もはっきりと見据えていたのであった。

光源氏とてその問題に気づかぬはずはない。養女秋好を中宮に冊立している光源氏の側こそ、女御に留められている弘徽殿の実家内大臣藤原家以上に、被る危険性は高かったはずである。そのリスクにあえて目をつぶって、玉鬘の尚侍出仕を光源氏が勧めるのは、この方法が、玉鬘との微妙な関係を維持できる唯一の選択肢であったからである。特定の人物の北の方に収まるのでもなく、女御や更衣でない一般職としての尚侍は天皇との関係も流動的であり、源氏にとっては好都合であった。

かくして、藤袴巻末では、玉鬘の尚侍出仕は目睫の間に迫り、それを嘆く求婚者たちの手紙が相次いで届けられる。鬚黒大将、蛍兵部卿宮、式部卿宮の左兵衛督らの文に対して、玉鬘は蛍宮にのみ返歌を認めた。蛍宮には心惹かれつつも、尚侍出仕が確定したかの観があった。

五　暴力による局面打開

玉鬘十帖の末尾でもある真木柱巻を読み始めると、読者は事の意外な展開にしばし唖然とする。玉鬘をめぐる恋の勝利者は、冷泉帝でも光源氏でも蛍宮でもなく、第四の候補者とも言うべき鬚黒大将であった。玉鬘自身の意向ではない。鬚黒を、「女君の深くものしと思しうとみ」「心浅き人」（真木柱三四九頁）なのであった。それを鬚黒が弁のおもとという女房の手引きで、強引に我がものになしたのであった。

大臣も心ゆかず口惜しとおぼせど、言ふかひなきことにて、誰も誰もかくゆるしそめたまへることなれば、ひき返しゆるさぬ気色を見せむも、人のためいとほしうあいなしとおぼして、儀式いと二なくもてかしづきたまふ。（真木柱三五〇頁）

「誰も誰も」は玉鬘の実父内大臣を含むと通常解釈されている。事前に了解があったわけではなく結果追認であろうが、内大臣も許している以上、光源氏も不承知というわけにはいかない。鬚黒との婚礼を盛大に催すことが、玉鬘のためにしてやれる最良の道であった。

光源氏にとっても、当人の玉鬘にとっても、不承不承の選択であっただろうが、結果的には、鬚黒の暴挙に、光源氏も玉鬘も救われたのである。これまでの経緯があったから、鬚黒との結婚後、玉鬘は尚侍として形式上出仕するのであるが、その折に見せた冷泉帝の執着ぶりから推測すれば、未婚のまま尚侍として宮仕えに出たならば、必ずや帝寵を被ることになっていたであろう。それは前節で見たように、玉鬘をそして光源氏をも苦しい立場に追い込むこととなったはずである。

ただ夏の暑さの余韻を引きずるように、玉鬘への思いを持ち続ける光源氏が、一種の妥協案として尚侍出仕を持ち出してきた以上、物語の論理としてはその路線を進まざるを得ない。そこで一種の非常手段として、雅な物語世界の秩序を破壊する外的な力、一種の暴力的な存在が要請されたわけである。求婚者の一人ではありながら、「色黒く鬚がちに見えて、いと心づきなし」と描写された、無骨なと言って良い、鬚黒大将以外にその任を果たす人物はいなかった。内実はかなり相違するが、「丈高くものものしくふとりて」「荒らかなるふるまひ」の大夫監に類似するような人物を、光源氏の周辺に求めるとき、鬚黒大将が浮上してきたのである。

かくして、物語の主人公光源氏と、玉鬘十帖のヒロイン玉鬘自身を救うために、物語の流れを断ち切るような暴力的行動が導入されることとなる。かつて大夫監の虎口を脱した玉鬘であったが、皮肉にも今回は鬚黒の暴力によって、その後の安定した人生を手にすることとなる。義理ある姉妹との相克から救われ、春宮の叔父にして、将来の政権担当者の右大将の北の方として、重々しく扱われることになるのである。

ただこの暴力的とも言って良い結末の付け方は、当時の読者たちの反発を買ったかもしれない。約二百年後ではあるが、『源氏物語』の最も良き読者の一人である『無名草子』の作者は次のように述べている。

玉鬘の姫君こそ、好もしき人とも聞こえつべけれ。みめ、容貌をはじめ、人ざま、心ばへなど、いと思ふやうによき人にておはする上に、世にとりてとりどりにおはする大臣たち二人ながら左右の親にて、いづれもおろかならず数まへられたるほど、いとあらまほしきを、その身にては、ただ尚侍にて冷泉院などにおぼしときめかされ、さらずは、年ごろ心深くおぼし入りたる兵部卿宮の北の方などにてもあらばよかりぬべきを、いと心づきなき鬚黒の大将の北の方になりて、隙間もなくまもりいさめられて、さばかりめでたかりし後の親も見たてまつることは絶えて過ぐすほどぞ（二二五頁）(3)

『無名草子』の作者としては、最善の道は「尚侍にて冷泉院などにおぼしときめかされ」であり、次善の選択は「年ごろ心深くおぼし入りたる兵部卿宮の北の方などにてもあらばよかりぬべき」と思っていた。鬚黒の北の方になることは「いといぶせく心やましき」出来事であった。それだけに、今回の粗暴な暴力的な結末の付け方が納得できないものであった。猶、この部分で「いと心づきなき鬚黒の大将」とあるのは、行幸巻の「色黒く鬚がちに見えて、いと心づきなし」という『源氏物語』の本文と対応しているのは注意すべきであろう。

『無名草子』では、もう一箇所「心やましきこと」の部分で、玉鬘十帖の結末部分に関連して述べている。この「心やましきこと」としては、紫の上びいきの『無名草子』らしく、「明石の君設けて、問はず語りしおこすること」（明石巻）、明石の君からの「文の上包みばかり見せたること」（澪標巻）、「正月一日……明石の御方に泊りたること」（初音巻）と、明石の君関連のことを並べ、また「女三の宮設けて、紫の上にもの思はせたること」などを列挙する。それ以外では、夕霧と落葉宮との一件や、頭中将が中年期に光源氏と不仲になったことをあげるが、これらと共に「玉鬘の君の、鬚黒の大将の北の方になりたること」と、明確に提示する。『無名草子』作者は、よほどこの話の結末の付け方に納得がいかなかったようである。そのため「源氏の大臣の御はらからいと多かる中に、とりわき御仲よくて、何事もまづ聞こえ合はせたまふ、いと心にくきなり」と評される蛍兵部卿宮も、「玉鬘の御事、えしたまはぬ、むげに心おくれたる」と切り捨てられてしまうのである。

六　この物語における鬚の特質

ここでいささか視点を変えて「鬚」という身体的特徴について考えてみたい。『源氏物語』において「鬚」について言及されることは余り多くない。そしてそれらは決して肯定的な文脈に使用されることはない。

たとえば、女三宮のことを光源氏に知られ、心労の余り病の床に伏している柏木は「重くわづらひたる人は、おのづから髪髭も乱れ、ものむつかしきけはひも添ふわざなるを、痩せさらぼひたるしも、いよいよ白うあてはかなるさましまして」（柏木三一四頁）と記されている。貴公子の柏木はそうではないが、重病人は髪や髭が乱れ見苦しくなる、というのが前提である。その柏木が遂に病没した後、残された父致仕太政大臣の悲しみぶりは「旧りがたうきよげなる御容貌いたう痩せおとろへて、御髭などもとりつくろひたまはねばしげりて、親の孝よりもけにやつれたまへり」（柏木三三三頁）と描かれている。ここでは悲しみのあまりに髭の手入れどころではなく、すっかりやつれはてたというのである。

病や心労に由来するものではなく、身体的特徴として「鬚」に言及されるのは、鬚黒大将以外にあと二人いる。

一人は松風巻に見える、明石の尼君の祖父中務宮の大堰の旧邸の宿守である。

昔、母君の御祖父、中務宮と聞こえけるが領じたまひける所、大堰川のわたりにありけるを、その御後はかばかしう相継ぐ人もなくて、年ごろ荒れまどふを思ひ出でて、かの時より伝はりて宿守のやうにてある人を呼びとりて語らふ。……預り、「この年ごろ、領ずる人ものしたまはず、あやしき藪になりてはべれば、下屋にぞ繕ひて宿りはべるを、……みづから領ずる所にはべらねど、また知り伝へたまふ人もなければ、かごかなるならひにて、年ごろ隠ろへはべりつるなり。御庄の田畠などいふことのいたづらに荒れはべりしかば、故民部大輔の君に申し賜はりて、さるべきものなど奉りてなん、領じ作りはべる」など、そのあたりの貯へのことどもをあやふげに思ひて、鬚がちにつなし憎き顔を、鼻などうち赤めつつはちぶき言へば、「さらにその田などやうのことは、ここに知るまじ。ただ年ごろのやうに思ひてものせよ。券などはここになむあれど、すべて世の中を棄てたる身にて、年ごろともかくも尋ね知らぬを、そのこともいま詳しくしたためむ」など言ふにも、大殿のけはひをかくれば、わづらはしくて、その後、ものなど多く受け取りてなむ急ぎ造りける。（松風三九八頁）

「鬚がちにつなし憎き顔」の宿守は、中務宮の旧邸が何年も所有者がいないままに藪のようになっていたのを繕って下屋にすんでいたと、既成事実としての占有権を主張し、荘園の田畑も荒れ果てていたのを下げ渡して貰って作物を作っている、この件に関しては故民部大輔の君（中務宮の子息で尼君の父と解されている）に対価を払って了解済みのことと、田畑や作物の所有権を述べ立てるのである。地券などを有している明石の尼君や入道の側がやや押され気味である。結局、入道は光源氏との関わりをちらつかせることによって、宿守をなんとか押さえ込むのである。

正統な所有者であり、中務宮の血を引く明石の尼君に対して一歩も引かないのは、土地に根付いた宿守の強さであろう。在地勢力の強さという点では、大夫監にも通底するものがある。ただあれは中央の権威が及びにくいはるか遠国の肥後国でのこと、山城国内では光源氏の威信の前に、しっぽを巻いたのであった。最終的には光源氏の名前の前に退散したものの、ここでは「鬚がちにつなし憎き顔」が、明石の入道たちをおびやかす粗野な暴力的存在の象徴として描かれていると言って良いだろう。

松風巻の宿守と階層的に近い位置にいるのが、八宮の宇治の山荘の宿直人である。橋姫巻、二十二歳の秋、宇治を訪れた薫が、琵琶や箏の音色に耳を傾けていると「御けはひしるく聞きつけて、宿直人めく男なまかたくなしき」（橋姫一三七頁）が出て来て、八宮は偶々山寺に籠もっていて不在であることを告げる。翌日帰京する際に、薫はこの宿直人に昨夜の狩衣を脱いで与える。ところが薫の芳香が移った狩衣であるから、「宿直人……似つかはしからぬ袖の香を人ごとに咎められ、めでらるるなむ、なかなかところせかりける」（橋姫一五二頁）、という有様であった。この宿直人が、八宮没後、宇治を訪ねた薫に召し出される場面では次のように描かれている。

かの御移り香もて騒がれし宿直人ぞ、蔓鬚とか言ふ頰つき心づきなくてある、はかなの御頼もし人や、と見たまひて、召し出でたり。「いかにぞ。おはしまさで後心細からむな」など問ひたまふ。うちひそみつつ、心弱げに泣く。「世の中に頼むよるべもはべらぬ身にて、一ところの御陰に隠れて、三十余年を過ぐしはべりにければ、今はまして、野山にまじりはべらむも、いかなる木の本をかは頼むべくはべらむ」と申して、いとど人わろげなり。（椎本二一一頁）

ここで宿直人は「蔓鬚とか言ふ頰つき」であることが示される。「心づきなくて」と鬚面自体は否定的言辞が後続する。この宿直人は、薫の芳香に悩まされるなど滑稽味のある端役として造型されているが、ここで「蔓鬚とか言ふ頰つき」にしたのは、野卑で強そうに見える顔つきと反対に、心細く泣いている様の対比の面白さを出そうとしたのであろう。松風の宿守とは多少異なるが、鬚面が粗野や強面の象徴として使われていることに留意すべきであろう。

されぱこそ、六条院の雅やかな秩序の破壊者、闖入者として、玉鬘を連れ去っていく役割を与えられた右大将は、「色黒く鬚がちに見えて、いと心づきなし」という容貌であることが必要だったのである。

鬚面のもつ野卑性・暴力性ということを考えるとき、日本映画の巨匠、小津安二郎監督の『淑女と髯』に言及しないわけにはいかない。シナリオ・ライター北村小松が小津とコンビを組んだ最後の作品としても注目され、(4)グラフィックデザイナー河野鷹思のポスターでも印象的なあの作品である。この作品では、岡田時彦扮する剣道の達人で髯面の蛮カラ青年が、その髯面のために就職もままならず、女性からも反発を買っていたが、不良モガの手から助けた娘のすすめで、髯を剃ると大変な好男子となり、就職も決定、女性たちから慕われるようになると言う話である。髯面の前半と、好男子ぶりも鮮やかな後半の対照の面白さに、高品質のギャグや風刺がない交ぜになった、小津の初期の傑作コメディであるが、髯の持つ攻撃性や粗野なイメージを巧みに利用したものである。映画の中で、トルストイ、イプセン、マルクスらの髯の偉人たちの肖像が出てくるが、これらと並んで鬚黒大将の姿があれば、また変わった面白さが加わっただろう。玉鬘と鬚黒大将の組み合わせこそ、まさに「淑女と髯」であったのだから。

まとめにかえて　玉鬘の晩年

最後に、玉鬘の最晩年について簡単に触れて締めくくりたい。

玉鬘の夫鬚黒は、今上帝の即位に当たり、致仕太政大臣の後を受け、右大臣として政務を執ることになる。帝の叔父として、実質上の第一人者となったのである。光源氏との仲も良く、源氏の後継者の夕霧との連携も取れている。やがて太政大臣に進むが、娘たちの入内を実現できないまま薨じた。鬚黒の遺志を継ぎ、娘二人の入内に玉鬘が心を砕く姿が、竹河巻に描かれている。真木柱巻から二十年以上後のことである。大君は冷泉院に参院、中君は今上の許に出仕させて、表面上は華やかに見えるが、御子を生んだ大君は、秋好中宮や弘徽殿女御に疎まれ、中君は明石中宮に遠慮して尚侍としての宮仕えであった。「後家の頑張りよろしく」(5)などと、現代の研究者からもやや意地悪な形容がされるように、夫に先立たれた玉鬘が娘たちを参内させようとするとき、冷たい視線もあったことは否めないであろう。露骨ではないが、有形無形の圧力を感じつつ、多くの実力者に気を遣う、気苦労の多い晩年であったといえよう。

このように玉鬘は赤子の頃から、様々な権力・暴力に翻弄された人生であった。そしてその人生が、暴力・権力の有り様を逆照射しているのである。

注

（1）この花散里の人物造型の問題については、本書第二編第二章「花散里は「おいらか」な女か　―『源氏物語』の女性表象―」で述べた。

（2）田坂「織女は立秋から牽牛を待つのか　―『古今和歌集』七夕歌瞥見―」（『香椎潟』四六号、二〇〇〇年十二月）参照。

（3）『無名草子』の本文は久保木哲夫校注『完訳日本の古典』により、頁数を示す。

（4）田中真澄「北村小松から小津安二郎へ」『小津安二郎のほうへ　モダニズム映画史論』みすず書房、二〇〇二年。

（5）今井源衛「竹河巻は紫式部原作であろう」『紫林照径』、角川書店、一九七九年。

第四章　谷崎源氏逍遥

はじめに

本稿は、「源氏物語千年紀」として賑わった、平成二十（二〇〇八）年から、三年間、『胡蝶掌本』のシリーズとして刊行されたものである。『源氏物語』が世に広まったと言われる寛弘五（一〇〇八）年から、ちょうど千年目にあたる年であった。また、その翌年二〇〇九年は、四半世紀をかけて『源氏物語』の口語訳に取り組んだ谷崎潤一郎が、最初の現代語訳の刊行を開始した昭和十四（一九三九）年から七十年目、最後の現代語訳である新々訳の刊行を開始した昭和三十九（一九六四）年から四十五年目という節目の年でもあった。そこで谷崎源氏の数々を、書誌的事項を中心に振り返ってみたものである。

谷崎源氏は、文庫本を除いても一一種類のものが刊行されており、「新訳」「新々訳」などと必ずしも明記されるわけでもないので、他と区別できる明瞭な書名を私に立てた。戦前刊行されたものは、従来から「旧訳」と呼ばれることが多いので、これを踏襲した。

もちろん、書名を恣意的に定めてはならないので、箱、表紙、扉、奥付等に記されている書名をすべて併記することとした。また、限定版や特製版など造本的にもすぐれているから、装丁についても記載することに務めた。さらに、付録である月報や栞類にもさまざまな工夫がこらされ、貴重な原稿が寄せられているが、その性質上散逸する可能性が高く、図書館などでも完全に保存されていることは少ないので、付録類については、極力詳細に記述した。ただ、すべて手許の資料に拠ったために、月報はともかく栞類には限界がある。見落としているものについては、御示教を賜れば幸甚である。

引用に際しては可能な限り原態を尊重したが、踊り字の表記を一部改めたほか、漢字については原則として新漢字に統一した。原文の「装釘」「装幀」の揺れは原態に従った。

一　旧訳とその概要

○巻冊・判型　全二十六巻。菊判。限定版は桐箱入。普及版は二十六冊十三箱（紙箱）。

○書名「潤一郎訳　源氏物語」（平、紙箱背、紙箱平）、「谷崎潤一郎訳　源氏物語」（桐箱蓋表）、「山田孝雄閲　谷崎潤一郎訳　源氏物語」（扉）、「源氏物語」（奥）

○刊行年月　昭和十四（一九三九）年一月〜昭和十六（一九四一）年七月

○定価　普及版は一冊一円、猶詳細は次項参照。

○題簽中扉・尾上柴舟、装釘と地模様・長野草風

○巻序と発行年月日

巻一、序、例言、総目録、桐壺、帚木、空蟬（昭和十四年一月二十三日発行）。巻二、夕顔、若紫（同前）。巻三、末摘花、紅葉賀、花宴（四月二十九日）。巻四、葵、賢木、花散里（同前）。巻五、須磨、明石（六月三日）。巻六、澪標、蓬生、関屋（同前）。巻七、絵合、松風、薄雲（七月十日）。巻八、槿、乙女（同前）。巻九、玉鬘、初音、胡蝶（八月二十五日）。巻十、蛍、常夏、篝火、野分、行幸（同前）。巻十一、藤袴、真木柱、梅枝、藤裏葉（十月二十三日）。巻十二、若菜上（同前）。巻十三、若菜下（十二月二十日）。巻十四、柏木、横笛、鈴虫（同前）。巻十五、夕霧（十五年三月二十日）。巻十六、御法、幻、雲隠、匂宮、紅梅、竹河（同前）。巻十七、橋姫、椎本（六月二十日）。巻十八、総角、早蕨（同前）。巻十九、寄生（九月二十日）。巻二十、東屋（同前）。巻二十一、浮舟（十二月十五日）。巻二十二、蜻蛉（同前）。巻二十三、手習、夢浮橋（十六年四月二十五日）。巻二十四、例言、源氏物語和歌講義上巻（同前）。巻二十五、例言、源氏物語和歌講義下巻（十六年七月二十五日）。巻二十六、例言、付記、源氏物語系図、同年立、同梗概、奥書（同前）。

旧訳は、一千部限定の愛蔵版と、普及版の二種類が作製された。愛蔵版と普及版の相違は多岐に渡るが、本文料紙で言えば、愛蔵版は全巻に鳥の子紙が使用されているのに対して、普及版は、序・例言・総目録のみが鳥の子紙で他はコットン紙が用いられているという相違がある。その他の相違を、内容見本の記述から転載しておく。愛蔵版は以下の体裁である。表紙、銀鼠地花襷模様木版雲母刷（刷七条憲三氏）、用紙半草鳥の子紙。見返し、藍古代墨流し模様オフセット印刷、用紙鳥の子紙。総扉、雲母引生漉鳥の子紙使用。中扉、生漉楮五色紙。普及版は以下の体裁である。表紙、濃鼠地花襷模様、型漉特製紙。見返し、燻し銀墨流し、鳥の子紙オフセット印刷。総扉、四つ花菱模様胡粉刷、生漉石州半紙使用。中扉、改良判五色紙。

価格は、愛蔵版が八十円（前金払い）であるのに対して、普及版では一冊一円（計二十六円、一時払特価二十三円）であった。普及版の方は申込金一円が必要であり、これが最終回配本にあてられるというのは、円本全集などの予約の場合と同じ方式である。愛蔵版には、本冊が横二列に収まる特製桐箱が付き、これに谷崎潤一郎の自筆署名が記されるというのが魅力であった。普及版の方は、もともと二冊一箱の紙箱入りであったが、収納用の桐箱をという声に答えるために、全二十六冊が一列に収まる縦長の並製桐箱が作製され、代価八円で頒布された。並製桐箱は、手許にある内容見本（刊年不明、記載されている配本予定より、第二回以降は実際の刊行時期が遅れていることから、第一回配本前後、十三年末十四年初頃に作製されたものか）や、挟み込み月報『源氏物語研究』第十号（十五年九月）では、頒価八円、総桐、などと記されているが、一年以上前の月報『源氏物語研究』第五号（十四年八月）では、頒価五円、ラワン材などの記述もあるから、普及版の箱には二種類があるのかもしれない。

検印は、普及版が松の花押の印刷、愛蔵版本冊が「松廼舎源氏」である。愛蔵版桐箱の署名の下の捺印は「松下童子」である。

二冊一セットとして収められた普及版の紙箱の背と表には、「潤一郎訳　源氏物語」という書名以外に、「須磨　明石　澪標　蓬生　関屋」（第三箱）「源氏物語和歌講義下　源氏物語系図　年立　梗概」（第十三箱）などと所収巻名や内容が記されるが、第一箱と第二箱だけは背に巻名などが記されていない。書架に並べたときに箱の背に内容が記されていないと不便との声があって、第三箱目以降から記載されることになったものであろう。

橘弘一郎の労作『谷崎潤一郎先生著書総目録』（全四冊。ギャラリー吾八、一九六四〜六六年）では、第二分冊に、九九、一〇〇番として、限定版・普及版の書影と簡潔な書誌が記され、巻末にも補足がなされる。第二分冊巻頭の全著作の背表紙を並べた書影では、普及版第一箱を使用したために、桐壺巻以下の巻名は記されていない。

昭和十四年一月一日中央公論社刊の林芙美子『北岸部隊』の巻末には「谷崎潤一郎氏訳の源氏物語の発刊いよいよ目睫に迫る」という宣伝が見開き二頁にわたって記されている。これも時代を色濃く反映した貴重な資料であるので、その一部を抜粋しておく。

芸術を奉ずる者にとつて、芸術の世界こそ戦場である。谷崎潤一郎氏ほどの大文豪が、苦闘七年にして始めてできた源氏物語である。誰かその絶大なる意力の前に驚嘆せぬものがあらうか。源氏物語は世界十大小説の一である。（中略）その優雅、繊美、絢爛、悠大なる文章を、ありのままに芸術訳をした谷崎源氏こそは、芸術の聖典として永く日本魂を高めるのみならず、われらが家庭に心ゆくばかり薫習するであらうと信ずる。殊にわが国文学界の至宝たる山田孝雄博士の厳格一毛の誤りをも見逃さざる良心的校閲を経て世に出るのである。日本文化高揚の文学として皆さんの讃読を請う次第である。〔来る一月二十三日（月曜）発刊。全二十六冊。毎月二冊配本。定価一冊一円。ほかに申込金一円を申受ます〕

二　旧訳の附録など

○旧訳附録（月報）一覧

『源氏物語研究』第一号、池田亀鑑「源氏物語の主題　―自然及び人間に対する愛その他―」、〈次回配本案内〉、「ゆかり抄（編集後記のようなもの、二号からは読者からの手紙が中心になる）」、八頁。

『源氏物語研究』第二号、窪田空穂「紫式部の生涯とその芸術」、〈次回配本案内〉、今井邦子「特別に彩色された『末摘花』」、「紫の家　其一　源氏物語のしをりたるべく……」（源氏物語の戸籍／ものゝけの三態／すきもの談義）、「正誤」、「ゆかり抄」、八頁。

『源氏物語研究』第三号、舟橋聖一「源氏物語の情緒と叡智」、〈次回配本案内〉、久松潜一「古典と永遠なるもの」、「紫の家　其二」（求婚の様相／源語の労作期／桐壺の在る所）、「正誤」、「ゆかり抄」、八頁。

『源氏物語研究』第四号、藤田徳太郎「源氏物語の日本的性格」、「平安時代の住宅　―源氏物語風俗史その一」、「ゆかり抄（次回配本案内を吸収）」、「正誤」、一六頁。

『源氏物語研究』第五号、長谷川如是閑「かくして源語は生れた」、「平安時代の家具と装飾　上　―源氏物語風俗史　その二」、「ゆかり抄（次回配本案内を吸収）」、〈著者校正見本を示しての編集方針の紹介と普及版用箱の案内〉」、一六頁。

『源氏物語研究』第六号、片岡良一「源氏物語の構成」、「谷崎源氏を読みて」（読者の短歌十首）、「平安時代の家具と装飾　下　―源氏物語風俗史　その三」、「ゆかり抄（次回配本案内を吸収）」、一六頁。

『源氏物語研究』第七号、今井邦子「源氏物語に現はれた女性」、「源氏物語を読みて」（読者の短歌二首）、「平安時代の乗物　―源氏物語風俗史　その四」（挿図多数掲載の関係から「ゆかり抄」は欠）、一六頁。

『源氏物語研究』第八号、五十嵐力「恋愛描写に於ける源氏物語の優越相」、「平安時代の男子の礼服　―源氏物語風俗史　その五」、〈次回配本案内〉（今号も「ゆかり抄」は休載）、一六頁。

『源氏物語研究』第九号、藤懸静也「源氏物語と美術」、「平安時代の男子の礼服（その二）　―源氏物語風俗史　その六」、「ゆかり抄」、「次回配本」、「正誤表」、八頁。

『源氏物語研究』第十号、青野季吉「『宇治十帖』観抄」、「平安時代の男子の通常服　―源氏物語風俗史　その七」、「ゆかり抄」、「次回配本」、八頁。

『源氏物語研究』第十一号、塩田良平「源氏物語と明治文学」、「平安時代の婦人の礼服　―源氏物語風俗史　その八」、「『校異源氏物語』刊行に就て」、「次回配本」、「普及版用桐箱追加注文案内」（今号以降「ゆかり抄」はない）、八頁。

『源氏物語研究』第十二号、尾上柴舟「源氏物語と仮名」、「平安時代の婦人の通常服　―源氏物語風俗史　その九」、「係より〈次回配本案内〉」、八頁。

『源氏物語研究』第十三号、浅野晃「古典としての源氏」、「平安時代の食物　―源氏物語風俗史　その十」、「『尾崎紅葉全集』刊行に就て」、「『校異源氏物語』刊行に就て」、「終刊の辞」、「『源氏物語』注釈書」(『日本文学大辞典』所載・池田亀鑑氏執筆ノ項ヨリ)、八頁。

この『源氏物語研究』ではタイトルの下に、毎号『源氏物語』に関する古今東西の至言が転載されている。これも良い資料であるので、以下に付載する。

第一号「我が国の至宝は源氏物語に過ぎたるはなかるべし」(一条兼良)。

第二号「紫式部は恐らく最初の女流小説家であるが、又最も偉大な作家の一人である」(倫敦タイムズ)。

第三号「此物語は、殊に人の感ずべきことの限りを、様々かきあらはして、哀れを見せたるものなり」(本居宣長)。

第四号「昼は日ぐらし、夜は目の覚めたる限り、火を近くともして、これを見るより外の事なければ、自らなどは空に浮ぶを、いみじき事に思ふ」(菅原孝標の女、更級日記作者)。

第五号「源氏の君を大臣の列に加へ給ひて、藤氏をおししづめしことも、夕霧を大学寮に入れ給ひしも、みな斯からんかしと思ふ事を、よそごとにして書けるぞ尊き。げにまたなき物語なりけり」(白河楽翁)。

第六号「時世によりて移り変る人情、さて人々の生まれ得たる所ありて、取り替へ難きさまなどのみ見えて、見る度に歎息せられ、さてもよく人情を書き尽くしたるかなと、うめかる、ばかり也」（五十嵐篤好）。

第七号「さても此の源氏作り出でたることこそ、思へど〳〵此の世一ならず珍らかに思ほゆれ。誠に仏に申し請ひたりける験にやとこそ覚ゆれ。（略）凡夫の仕業とも覚えぬことなり」（藤原俊成）。

第八号「物のあはれは女の心に咲いた花である。女らしい一切の感受性、女らしい一切の気弱さが、そこに顕著に現はれてゐるのは当然である」（和辻哲郎）。

第九号「此物語に於て第一に心をつくべきは上代の美風也。礼の正しくしてゆるやかに、楽の和して優なる体、男女共に上臈しく、常に雅楽を翫んでいやしからぬ心もちゐ也」（熊沢蕃山）。

第十号「『源氏物語』は情熱あり、滑稽あり、はた溢れたる喜楽あり、人情風俗に関する鋭利なる観察あり、或は自然美に対する鑑賞あり。而して文は日本文学中最上の軌範たり」（アストン）。

第十一号「源氏物語は、その詞あやしくたへにして、そのむねひろくおほいなり。万事に散じ六合にわたる。あぢはひまことにきはまりなくして、身をふるまでにもちふるとも、尽くる事なきもてあそびなるべし」（藤原俊通）。

第十二号「著者が着実なる観察と深邃なる思想とが抱合するところに、この空前絶後の傑作は生れたるなり」（藤岡作太郎）。

第十三号「寄源氏物語恋といふ心をよみはべりける　よみひとしらず　見せばやな露のゆかりの
　　玉かづら心にかけてしのぶけしきを」（千載集巻四）

附録に記載されている興味深い記事から一、二引用しておく。

まず、前項で述べた普及版の桐箱であるが、かなり人気があったようで、附録十一号には二百部追加注文案内の記事が出ている。ところが、架蔵本の『研究』には、その追加案内の箇所に「売切レ」の朱印が押されている。これは『研究』十一号を含む配本がなされる前に予約が殺到して、追加作製部数を上回ったという理由によるのであろう。

第十一号、十三号には「『校異源氏物語』刊行に就て」の文章がある。十一号、十三号はほぼ同文であるが、ごく一部に字句の改変もある。『校異源氏』誕生前夜の享受史上の貴重な資料であるので、その相違点について記しておく。

「空前絶後の源氏テキストであり、索引である」（十一号）↓（十三号）「空前絶後の源氏テキストである」

「時宛も紀元二千六百年に方り、真に世界に誇るべき一大古典の決定的整理が成つたのは感慨更に深いものがある」（十一号）↓（十三号）ナシ。

長文の削除である後者の方が目に付くのであるが、これは第十一回配本が昭和十五年十二月で、紀元二千六百年の奉祝一色に塗りつぶされた年の刊行であったため。第十三回配本は翌年七月であり、この文章が使えなかっただけのことである。重要なのは、実に些細な「テキストであり、索引」から「テキスト」への変更である。

実際に刊行されて、今日残されている『校異源氏』は、戦後の『源氏物語大成』（全八巻）の校異編の部分のみ、すなわち校本のみの刊行であった。ところが当初は校本に索引も併せ持った計画であったのである。それは、「数十万の源氏物語の各語彙を、自由に検索することの出来る大索引が附せられたことは、国文学研究の新しい発展のために貢献」云々の文章が、十一号、十三号のどちらにも記されていることから推測される。すなわち戦後の『源氏物語大成』の校異編（全三巻）と索引編（全三巻）を併せたような計画だったらしい。言い換えれば、昭和十五年頃の『校異源氏物語』の計画は、戦争を挟んでさらに十五年の歳月を経て刊行された『源氏物語大成』とほとんど変わらないような規模のものであったことが推測されるのである。それが作業の遅延か、戦時体制下における出版事情の問題か、あるいはその両方かによって、索引編は計画のみに終わったようである。「テキストであり、索引」から「テキスト」への、小さな変更は、そのことの歴史的な証言でもあるのである。

池田亀鑑自身は戦後『新講源氏物語』（至文堂、一九五一年）の序文で「校異源氏物語の方は、嶋中さんの犠牲的友情によつて、やつと出版されたが、索引源氏物語にいたつては、いつ上梓のはこびになるか、見当がつかない。原稿は、むなしくつみ上げられてゐる」と述べていたが、その原稿は、戦前から既に準備されていたものであることが確認できるのである。

三　新訳元版

旧訳は、普及版と愛蔵版があったが、同時刊行の異装版であった。それに対して、新訳と新々訳は、一定期間を隔てて異装版を刊行している。新訳で最初に刊行された形態のものを元版と呼ぶ。まず書誌から示しておく。

○巻冊・判型　全十二巻。A5判。箱入。
○書名　「潤一郎新訳　源氏物語」（背、平、箱背、箱平）、「山田孝雄校閲　谷崎潤一郎新訳　源氏物語」（扉）、「源氏物語」（奥）
○刊行年月　昭和二十六（一九五一）年五月〜昭和二十九年十二月
○定価　二百八十円（巻一のみ）、二百九十円（巻二以下）
○装釘・地模様・題簽、前田青邨（「箱は「火取」、表紙（表）「角盥」、（裏）「灯台」、本扉「上指袋」……見返しは「産養」の図、『紫花余香』第一号「余香」より）
検印「紫花余香」

巻一の七頁に及ぶ「源氏物語新訳序」に、旧訳を改稿して新訳を世に送る谷崎の心情が余すところなく記されている。「決してあの翻訳の出来栄えに満足してゐたわけではなかった」と言う谷崎ではあるが、何と言っても「あの翻訳が世に出た頃は、何分にも頑迷固陋な軍国思想の跋扈していた時代であったので」「分からずやの軍人共の忌避に触れないやうにするため、最小限度に於いて原作の筋を歪め、削り、ずらし、ぼかしなどせざるをえ」ず、しかもそれは「翻訳の業に従ひつつある前後五六年の間に、事変の様相が次第に深刻さを加へるにつれて」「最初に考へたよりも、より以上の削除や歪曲を施すことを余儀なくされた」ものであるため、「源氏の翻訳を完全なものにしたい」という思いを抱いていたのであった。

今回も「山田孝雄博士」に「校閲の任に当つて頂」いたが、それ以外に「京大出の新進国学者、玉上琢彌、榎克朗、宮地裕三氏の協力を得」た、とも記されている。戦後の谷崎源氏の良き協力者となった玉上琢彌は、附録（月報）の『紫花余香』の四号から七号まで文章を寄せている。月報の三分の一に寄稿したのは玉上ただ一人であることは大いに注目される。

造本に関しては、「故長野草風画伯」の「旧訳本の装釘や地模様」を改めて、「故画伯の先輩で且親交のあつた」前田「青邨画伯にお願ひ」したのであった。

猶、冊数に関しては、この「新訳序」では、「旧訳本は本文が二十三冊、和歌講義が二冊、系図、年立、梗概が一冊で、全部で二十六冊であったが……ほぼ旧訳本の二冊分を一冊に収め、和歌講義を別冊にせずに本文の頭注に組み入れ、系図、年立、梗概だけを別冊にして、全部を十一冊とすることにした」とあったが、最終的には、別冊にあたる部分が二冊に分かれ、全十二冊となった。

本文地模様は、旧訳では桐壺巻、帚木巻、空蟬巻と巻が変わるごとに改めていたが、今回は分冊ごとに統一して、巻一の桐壺～若紫巻が「秋草」、巻二の末摘花～花散里巻が「火焔太鼓」、巻三の須磨

〜松風巻が「浜辺松原」、巻四の薄雲〜胡蝶巻が「朝顔」というように一冊ごとにかわる形となった（地模様の名称は「紫花余香」各巻による）。

○巻序と発行年月日

巻一、源氏物語旧訳序、源氏物語新訳序、例言、総目録、桐壺、帚木、空蟬、夕顔、若紫（昭和二十六年五月二十日発行）。巻二、末摘花、紅葉賀、花宴、葵、賢木、花散里（九月十日）。巻三、須磨、明石、澪標、蓬生、関屋、絵合、松風（十二月十日）。巻四、薄雲、槿、乙女、玉鬘、初音、胡蝶（二十七年五月五日）。巻五、蛍、常夏、篝火、野分、行幸、藤袴、真木柱、梅枝、藤裏葉（十一月三十日）。巻六、若菜上、若菜下（二十八年六月一日）。巻七、柏木、横笛、鈴虫、夕霧、御法、幻、雲隠、匂宮（十月二十日）。巻八、紅梅、竹河、橋姫、椎本、総角（二十九年三月三十一日）。巻九、早蕨、寄生、東屋（六月三十日）。巻十、浮舟、蜻蛉、手習、夢浮橋（九月三十日）。巻十一、各巻細目、人物略説、人名名寄（十二月五日）。巻十二、隆能源氏物語絵巻、巻別系図、巻名出所、年立図表、主要人物官位年齢一覧、源氏物語総目次（十二月五日）。

発行年月に関して言えば、当初の三冊がほぼ三か月の間隔で刊行されているのに対して、巻四から巻六にかけては半年に一冊くらいへとペースダウンしていることが看取できる。旧訳から新訳への改稿は、附録の「紫花余香」第一号の池田亀鑑の言葉を借りれば「驚嘆すべき偉業」である。谷崎はこの作業に慎重に取り組み、そのため、当初の予定より刊行が遅延気味となった。第四巻には、当該巻の執筆・校正等の進行次第を具体的に挙げて、慎重な執筆故の刊行遅延をわびる中央公論社営業部の一枚刷り四つ折りの刷物（昭和二十七年四月中旬の日付）が挿入されている。

四　新訳元版の附録

『紫花余香』第一号（潤一郎新訳源氏物語　巻一附録）、山田孝雄「校閲者の言葉」、池田亀鑑「驚嘆すべき偉業」、「内裏の図」、「解説」（隆能源氏絵巻宿木巻を用いた室内装飾、調度の解説）、「余録」（編集後記にあたるもの）、八頁。

『紫文のしおり』（潤一郎新訳源氏物語　巻一）栞一枚（文字青紫色）、表「桐壺・帚木・夕顔系図、帚木・空蟬系図、若紫系図」、裏「桐壺・帚木・空蟬・夕顔・若紫の巻別の源氏の年齢・巻名由来和歌・梗概略記」

『紫花余香』第二号、折口信夫「もの丶け其他」、「枕草子絵巻」（浅野家蔵枕冊子絵巻から「淑景舎春宮に参りたまふ」の図の解説）、「源氏物語附図」（京都付近）、「余録」、今号より目次末尾に「さしゑ・カット　大河内久男」と記載される、六頁。

『紫文のしおり』（巻二）栞一枚（文字赤紫色）、表「系図（巻一の時とは異なって、数巻ごとの系図ではなく、一括記載）」、裏「年立、若紫巻～花散里巻（巻一の梗概とは異なって、年立となる）」

『紫花余香』第三号、生島遼一「宮廷文学と女流作家」、「紫式部日記絵巻」（森川家本紫式部日記絵巻から「敦成親王五十日の祝い」の図の解説）、「官位昇進表」、「官位相当表」、「余録」、六頁。

『紫文のしおり』（巻三）栞一枚（文字青錆色）、表「須磨・明石・澪標・絵合・松風系図、蓬生系図、関屋系図」、裏「年立、須磨巻～松風巻」

『紫花余香』第四号、前田青邨「源氏について」、玉上琢彌「途上にて　谷崎先生におたずねする」、「扇面古写経・平家納経」（四天王寺蔵扇面写経の下絵、平家納経厳王品見返図の解説）、「藤壺の宮」（無署名だが玉上琢彌か、五号以下参照）、「余録」、六頁。

『紫文のしおり』（巻四）栞一枚（文字茶色）、表「薄雲・槿系図、乙女・玉鬘系図、初音・胡蝶系図」、裏「年立、薄雲巻～胡蝶巻」

『紫花余香』第五号、「行幸の図・枕草子絵巻より」（附録の一頁から五頁まで上段に一続きで掲出、末尾に略解説）、杉岡正美「源氏物語に現れた書生活」、玉上琢彌「政治家光源氏」、「第六回配本案内」（四行の短文、余録の項目はない）、六頁。

『紫文のしおり』（巻五）栞一枚（文字朱色）、表「系図（一括記載）」、裏「年立、蛍巻～藤裏葉巻」

『紫花余香』第六号、吉川英士「源氏物語に現れた音楽」、「醍醐桜会」（第一図・天狗双紙より）、「琵琶・箏のこと」（第二図・隆能源氏橋姫より）、「琵琶・箏・笛・拍子」（第三図・扇面古写経より）、玉上琢彌「政治家光源氏（承前）」、「次回配本」（一行）、六頁。

『紫文のしおり』（巻六）栞一枚（文字紫色）、表「系図（一括記載）」、裏「年立、若菜上巻～若菜下巻」

『紫花余香』第七号、井島勉「源氏絵巻の美について」、「隆能源氏御法・益田家本」（図）、「隆能源氏柏木第二段・尾州家本」（図）、「隆能源氏寄生・尾州家本」（図）、「隆能源氏柏木第一段・尾州家本」（図）、玉上琢彌「藤原氏の人々 その代表者としての頭中将」、配本案内の項目はない、六頁。

『紫文のしおり』(巻七)栞一枚(文字紅色)、表「益田家本隆能源氏絵巻・夕霧の巻の一部」、裏「年立、柏木巻〜匂宮巻」

『紫花余香』第八号、多屋頼俊「源氏物語と仏教」、「平家納経序品」(第一図・解説)、「宇治の網代」(第二図・京都市立美術大学蔵土佐派粉本より・解説)、「源氏物語附図」(宇治付近)、配本案内なし、六頁。

『紫文のしおり』(巻八)栞一枚(文字灰緑色)、表「系図(一括記載)」、裏「年立、竹河巻〜総角巻」

『紫花余香』第九号、家永三郎「源氏物語時代の婚姻生活」、「源氏物語絵巻柏木」(第一図・解説)、「紫式部日記絵巻」(第二図・解説)、山中裕「宇治の歴史」、配本案内なし、六頁。

『紫文のしおり』(巻九)栞一枚(文字茶色)、表「系図(一括記載)」、裏「年立、早蕨巻〜東屋巻」

『紫花余香』第十号、西山虎之助「源氏物語の環境」、「野遊びの図」(信貴山縁起上巻より)、「山荘の図」(山城国神護寺屛風絵より)、三条西堯山「源氏香について」、配本案内なし、六頁。

『紫文のしおり』(巻十)栞一枚(文字紅色)、表「系図(一括記載)」、裏「年立、浮舟巻〜夢浮橋巻」

『紫花余香』第十一号、「年中行事」(正月「四方拝」以下、二月、三月、四月、五月、六月、七月、八月、九月、十月、十一月、十二月「追儺」まで)、六頁。

『紫花余香』第十二号、秋山虔「源氏物語の作者・紫式部」(家運、紫式部の生いたち、越路の旅、結婚、宮仕、源氏物語の発展、の各項目ごとに詳述)、六頁。

『紫花余香』の方は、全巻の附録であるが、『紫文のしおり』の方は、系図や年立であるから、本文のある第十巻までと思われ、十一巻、十二巻はもともと存在しなかったのであろう。

五　新訳限定愛蔵版

序文「新訳源氏物語の愛蔵本について」に記すところにより、本書刊行の意図は明白であるので、以下に引用する。

此の愛蔵本は、私が昭和廿六年の五月から同廿九年の九月に亘つて刊行した新訳源氏物語と、内容はほゞ同じである。今度の意図は、その同じ内容のものを、昔懐かしい体裁にして各帖毎に挿画を入れ、美術的意匠を凝らして製本したところにあるので、かう云ふ稀に見る形の本を作ることが出来たのは、旧友安田靫彦氏の指導と監督に俟つところが最も多く、次にはこれら五十数葉の挿画を担当された諸画伯、――安田靫彦、奥村土牛、福田平八郎、堂本印象、山口蓬春、中村岳陵、菊地契月、徳岡神泉、小倉遊亀、太田聴雨、中村貞以、山本岳人、橋本明治、前田青邨の十四氏の並々ならぬ好意、及び題簽の尾上柴舟氏、装釘の田中親美氏の丹精に依るものであることを明記して置く。

なほ本文も今度新たに校訂し直し、特に巻一と巻二とは字句に修正を加へた箇所も少くない。但し旧訳及び新訳の序文と、巻十一巻十二の各巻細目以下の附録は、愛蔵本の性質上不用と考へて削除した。

昭和三十年新秋

熱海雪後庵に於いて　谷崎潤一郎しるす

次に書誌を記す。

○巻冊・判型　全五巻。菊判。帙入。

○書名　「潤一郎新訳源氏物語」（帙題簽）、「新訳源氏ものがたり」（表紙題簽）、「山田孝雄校閲　谷崎潤一郎新訳　源氏物語」（扉）、「新訳源氏物語」（奥・第五分冊のみに記載）

○刊行年月　昭和三十（一九五五）年十月十日（全冊一括配本）

○定価　一万五千円

○装釘・安田靫彦・田中親美、題簽・尾上柴舟、表紙見返し・田中親美、帙紬・むら田、綺・道明新兵衛、奥付に「愛蔵本限定壹阡部之内第　部」と刻して、限定番号を朱筆で記す。奥付印は香取正彦の手になる「松下童子」印である。

○巻序

巻一、新訳源氏物語の愛蔵本について、総目録、桐壺、帚木、空蟬、夕顔、若紫、末摘花、紅葉賀、花宴、葵、賢木、花散里。　巻二、須磨、明石、澪標、蓬生、関屋、絵合、松風、薄雲、槿、乙女、玉鬘、初音、胡蝶。　巻三、蛍、常夏、篝火、野分、行幸、藤袴、真木柱、梅枝、藤裏葉、若菜上、若菜下。　巻四、柏木、横笛、鈴虫、夕霧、御法、幻、雲隠、匂宮、紅梅、竹河、橋姫、椎本、総角。　巻五、早蕨、寄生、東屋、浮舟、蜻蛉、手習、夢浮橋。新訳元版の二冊を一冊にまとめた形である。

表紙は紫地藤原時代三十六人集黄色鳳凰唐草刷金銀砂子切箔野毛等荘厳振り、見返しは巻ごとに鶴、千鳥、鴛鴦、草花等を銀泥で描き、帙は紅殻色草木染手織本紬、帙裏は藤原時代布地鴨脚木文様刷、紐・天平文様綺、本文用紙は特漉鳥の子と、贅をこらした造りである。当時第一級の限定本であったことは、前年に完結した新訳元版の全巻合計価の約五倍の定価が付けられていることからも窺える。架蔵本は四拾壹番本であるが、第壹番本は有馬稲子に献呈されており、帙の内側に墨書で「御祝　有馬稲子様　谷崎潤一郎（湘碧山房印）」と記されている。

序文に記されたごとく、十四人の画家が各四枚を担当した五十六枚の挿画が初めて用いられた。挿画は各巻一枚、若菜上下のみ二枚の計、五十六枚である。内訳は以下の通り。桐壺～夕顔・安田靫彦、若紫～花宴・奥村土牛、葵～須磨・福田平八郎、明石～関屋・堂本印象、絵合～槿・山口蓬春、乙女～胡蝶・中村岳陵、蛍～野分・菊地契月、行幸～梅枝・徳岡神泉、藤裏葉～若菜下・小倉遊亀、若菜下～鈴虫・太田聴雨、夕霧～匂宮・中村貞以、紅梅～椎本・山本岳人、総角～東屋・橋本明治、浮舟～夢浮橋・前田青邨。以上五十六枚の挿画は以降の新訳各本、そして新々訳以降も一部を除いて一貫して用いられ、谷崎源氏の象徴のようになるのである。

六　新訳普及版

○巻冊・判型　全六巻。四六判。箱入。

○書名「潤一郎新訳　源氏物語」（背、平、箱背）、「谷崎潤一郎新訳　源氏物語」（箱平）、「山田孝雄

校閲　谷崎潤一郎新訳　源氏物語」（扉）、「新訳源氏物語普及版」（奥）

○刊行年月　昭和三十一（一九五六）年五月～同年十一月

○定価　二百五十円

○装釘・小倉遊亀、題簽・谷崎松子、検印「紫花余香」

○巻序と発行年月日

巻一、潤一郎新訳源氏物語の普及版について、総目録、例言、桐壺、帚木、空蟬、夕顔、若紫、末摘花、紅葉賀、花宴、葵（三十一年五月十九日発行）。巻二、賢木、花散里、須磨、明石、澪標、蓬生、関屋、絵合、松風、薄雲、槿（七月五日）。巻三、乙女、玉鬘、初音、胡蝶、蛍、常夏、篝火、野分、行幸、藤袴、真木柱、梅枝、藤裏葉（八月六日）。巻四、若菜上、若菜下、柏木、横笛、鈴虫、夕霧（九月五日）。巻五、御法、幻、雲隠、匂宮、紅梅、竹河、橋姫、椎本、総角、早蕨（十月五日）。

　巻六、寄生、東屋、浮舟、蜻蛉、手習、夢浮橋（十一月五日）。

○附録

各冊に「潤一郎新訳　源氏物語　普及版　巻一附録」と題する、月報にあたるものが挟まれている。普及版であるから、元版と比べると附録も簡略で、巻別系図と年立図表のみである。偶数頁にする必要上、一部に、系図・図表以外のものを含むことがある。一頁あたりA５版横長のものを二つ折りにして挟み込んでいる。以下、頁数を含めて略記する。

第一号、八頁（第一号のみノンブルが打たれてない）、巻末に巻別系図と年立図表に関する注記あり。

第二号、一〇頁（以下、ノンブルあり）、巻末に源氏物語附図（京都付近）あり。第三号、一〇頁、巻別系図と年立図表のみ。第四号、八頁、巻別系図と年立図表のみ。第五号、一〇頁、巻末に源氏物語附図（宇治付近）あり。第六号、一〇頁、八～一〇頁は挿画解説あり。第一巻にはこれとは別に、同じ大きさの一枚刷りの広告が挟まれ、『限定愛蔵版』『谷崎源氏画譜』『源氏物語大成』『源氏物語の引き歌』が紹介されている。

さて、本書刊行の意図は、序文「潤一郎新訳源氏物語の普及版について」に記すところにより明白であるので、以下に引用する。

此の普及版は、私が昭和三十年十月に刊行した五巻の愛蔵本と、内容は全く同じである。あの愛蔵本は、私が昭和廿六年の五月から同廿九年の九月に亘つて刊行した新訳源氏物語を校訂し直して修正を加へ、安田靫彦田中親美氏に考へて戴いて装釘に美術的意匠を凝らし、靫彦画伯以下十四画伯の筆に成る挿画を各帖毎に入れ、未曾有の豪華本として世に送り出したものであるが、今度はそれを六巻の小型な廉価本に縮め、本文は素より五十数葉の挿画もすべて凸版を以て複製した。ただ愛蔵本と異なるところは、装釘を改めて小倉遊亀画伯に揮毫して戴き、前回は尾上柴舟博士を煩はした表紙や扉等の題簽を谷崎松子が書いた。

茲にこの出版の由来を記して序に代へる。

昭和卅一年初夏

京都潺湲亭に於いて　谷崎潤一郎しるす

右の文章にもあるように、新訳は昭和二十年代の元版と、三十年の限定愛蔵版以降では訳文に多少相違がある。前々節「五　新訳限定愛蔵版」で引用した序文にも記されていたように「特に巻一と巻二とは字句に修正を加へた箇所も少くない」のである。従って谷崎の新訳源氏を論じるときには、元版と、限定愛蔵版以降のものとを併用しなければならない。限定版は発行部数も千部にとどまり、古書価も高価であるから、実際にはこの普及版あたりを使用することになろう。

七　新訳新書版

○巻冊・判型　全八巻。新書判。箱入。
○書名「潤一郎訳　源氏物語」（背、箱背）、「谷崎潤一郎訳　源氏物語」（箱平）、「山田孝雄校閲　谷崎潤一郎訳　源氏物語」（扉）、「潤一郎訳源氏物語」（奥）
○刊行年月　昭和三十四（一九五九）年九月〜昭和三十五年五月
○定価　百八十円
○装釘・町春草、題簽・谷崎松子、検印「紫花余香」
○巻序と発行年月日
巻一、序にかへて、総目録、例言、桐壺、帚木、空蟬、夕顔、若紫、末摘花、紅葉賀（三十四年九月二十日発行）。巻二、花宴、葵、賢木、花散里、須磨、明石、澪標（十一月五日）。巻三、蓬生、関屋、絵合、松風、薄雲、槿、乙女、玉鬘、初音（十二月五日）。巻四、胡蝶、蛍、常夏、篝火、野分、行幸、藤袴、真木柱、梅枝、藤裏葉（三十五年一月五日）。巻五、若菜上、若菜下、柏木、横笛（二月五日）。巻六、鈴虫、夕霧、御法、幻、雲隠、匂宮、紅梅、竹河、橋姫（三月五日）。巻七、椎本、総角、早蕨、寄生（四月五日）。巻八、東屋、浮舟、蜻蛉、手習、夢浮橋（五月五日）。

本書刊行の意図は、「序にかへて」に記されているように、このころ中央公論社から刊行された、新書版谷崎潤一郎全集と判型を合わせて、新訳源氏物語を求める声に応じたものである。以下同文を引用する。

私の新訳源氏物語も今では既にいろ〳〵の形で世に出てゐる。最初に出たのが昭和廿六年五月から同廿九年十二月にかけて刊行された十二巻本。次が卅年十月に刊行された五巻本の愛蔵本。次が、卅一年五月から十一月に掛けて刊行された六巻の普及版。以上各版ごとに多少の修正は加へてあるが、内容は殆ど同一であるにも拘らず、幸ひに江湖の需要が盛んで、いづれの版も多くの方々に愛読されてゐるのは、訳者として欣快に堪へない。ところで又、先般卅巻を以て完結した潤一郎全集の後を受けて、その様式に従つて八巻本を出すことになった。本来私はこの翻訳も全集に入れて欲しかつたのであるが、出版書肆の意向もあって、全集とは別に、しかし全集と同じ定価、同じ型でもう一度世に問ふ次第である。今度は「潤一郎訳源氏物語」として、「新」の字を省いたのは、今更「新」でもあるまいと思つたからで、内容はやはり今までのものと変りはない。

何卒今回の版も、出来るだけ多くの方々に読まれ親しまれるやうにと願つてゐる。

昭和卅四年八月　　　　熱海鳴沢湘碧山房にて　谷崎潤一郎

谷崎の全集は、戦前の改造社版の十二巻のものはあったが、今回の新書版の全集こそが、真の意味での谷崎文学の大成とも言うべきものである。さればこそ、「本来私はこの翻訳も全集に入れて欲しかった」と記しているように、『新訳源氏物語』を自身の仕事の中に正確に位置づけたいという思いがあったのである。この谷崎の思いは、没後、一九六六年から刊行の始まった菊判二十八巻の全集によって実現する。ただし、そこに収載されたのは『新々訳源氏物語』であった。旧仮名遣いの谷崎らしい『源氏物語』を含む全集は実現することなく終わったのである。

右の文章にも明らかだが、この版から「新訳」の文字が消える。背や箱だけではなく、扉にあった「山田孝雄校閲　谷崎潤一郎新訳」の角書きも「山田孝雄校閲　谷崎潤一郎訳」に改められている。

装丁を担当した町春草は、戦後書道界の新しい波を代表する女流書家で「美しい書をかき続けた美しい人」（『墨の舞　書の現代を求めて』日本放送協会、一九九五年、帯の文章より）と称される。専門の書以外でも多彩な才能を発揮し、すぐれた装丁は、谷崎をはじめ、川端康成や有吉佐和子・舟橋聖一らの本を飾った（田坂『大学図書館の挑戦』和泉書院、二〇〇六年）。また町春草には、『花のいのち墨のいのち』（朝日新聞社、一九七二年）、『書芸の瞬間』（学芸書林、一九七三年）『墨の舞』など著書も多く、その文章もまた美しい。

○附録

前回の普及版とは異なり、今回の附録は、小規模ながらも各巻に国文学者などが珠玉の文章を寄せている。附録の構成は、寄稿一編、各巻略系図、挿画解説、配本案内の類である。挿画解説は普及版では最終巻の附録に一括して掲載されていたものが、巻別となってそれぞれの冊に挟まれているから、参照しやすくなったであろう。一方、各巻略系図の方は、桐壺巻、帚木巻などの源氏物語の巻毎ではなく、巻一ならば収載している桐壺巻から紅葉賀巻までの登場人物を一つの系図にまとめているから、人間関係がやや複雑になっている。以下、各巻の附録を略記する。頁数は全て四頁である。

『潤一郎訳源氏物語　新書版巻一附録』第一号（第二号以下は「巻二附録」の形で略記）ドナルド・キーン「原文と翻訳」、巻一略系図、挿画解説、余録（編集後記にあたる）。

巻二附録　風巻景次郎「藤壺女御　かがやく日の宮　―源氏物語出発のあたりの主題」、巻二略系図、挿画解説、余録。

巻三附録　中村真一郎「源氏物語の現代性」、巻三略系図、挿画解説、次回配本案内。

巻四附録　阿部秋生「現代語訳ということ」、次回配本案内、巻四略系図、挿画解説。

巻五附録　澤瀉久孝「私と源氏物語」、巻五略系図、次回配本案内、挿画解説。

巻六附録　暉峻康隆「源氏と一代男」、巻六略系図、挿画解説、次回配本案内。

巻七附録　入江相政「礼賛」、次回配本案内、巻七略系図、挿画解説。
巻八附録　町春草「平安好み」、愛読御礼・帙案内、巻八略系図、挿画解説。

　巻一附録の余録には「装釘は閨秀書家町春草さんを煩はしました。貼函に墨流しを配し、表紙には平安装束模様を特織し、見返し、本扉に襲《かさね》の色目を出すなど、優雅な宮廷風の趣を示す造本です。表紙・本扉・中扉・函の題字は谷崎夫人の筆」などと装丁について的確にまとめられている。巻八附録には「全巻を揃えて机辺を飾るように美しい帙をつくりました。最寄りの書店または直接本社にお申し込みください」とあり、実費三百六十円送料三十二円の記述と帙の写真が載せられている。帙入全巻揃千八百円でセット販売もされたようである。架蔵本は、帙入り、谷崎の署名入りである。

　この新書版は、小振りのソフトカバーで手にも馴染みやすく、もちろん携帯にも至便で、それでいて活字もさほど小さくなく、行間・文字間のバランスも眼に優しく、個人的には最も愛読しているシリーズである。

　後の新々訳では新仮名遣いになるが、谷崎訳はやはり旧仮名のほうが似つかわしい。

八　新訳愛蔵版

○巻冊・判型　全六巻。菊判。箱入。
○書名　「潤一郎訳　源氏物語」（背、箱背、箱平）、「山田孝雄校閲　谷崎潤一郎訳　源氏物語」（扉）、
「潤一郎訳源氏物語」（奥）

○刊行年月　昭和三十六（一九六一）年十月〜昭和三十七年四月
○定価　七百円
○装釘・町春草、題簽・谷崎松子、検印「紫花余香」
○巻序と発行年月日
巻一、潤一郎訳源氏物語愛蔵版序、総目録、例言、桐壺、帚木、空蟬、夕顔、若紫、末摘花、紅葉賀、花宴、葵、賢木、花散里（三十六年十月十二日）。巻二、須磨、明石、澪標、蓬生、関屋、絵合、松風、薄雲、槿、乙女、玉鬘、初音、胡蝶（十二月五日）。巻三、蛍、常夏、篝火、野分、行幸、藤袴、真木柱、梅枝、藤裏葉、若菜上、若菜下（三十七年一月五日）。巻四、柏木、横笛、鈴虫、夕霧、御法、幻、雲隠、匂宮、紅梅、竹河、橋姫、椎本、総角（二月五日）。巻五、早蕨、寄生、東屋、浮舟、蜻蛉、手習、夢浮橋（三月五日）。別巻、凡例、隆能源氏物語絵巻、各帖細目、帖別系図、年立図表、人物略説、人名名寄、帖名出所、主要人物官位年齢一覧（四月五日）

新訳最後のシリーズである。まず例によって、序文から刊行の背景を見てみよう。

今度私の源氏物語の新訳本が又装釘を新たにして出ることになつた。旧訳は別として、昭和二十六年から二十九年にかけて、始めて十二巻本の新訳を世に問うて以来、これで五回目の出版である。この前の昭和三十四年の八巻本の新書版出版の時から、もう「新訳」でもあるまいと思つて

「新」の字を省くことにしたが、近頃ではいろ〳〵な人の源氏物語の翻訳が現れてゐる。不勉強な私はそれ等の翻訳にまだ眼を通してゐないし、私の所謂「新訳」にも十分の改訂を加へてゐない。ところどころふと眼に触れた部分に手を加へた程度である。他日機会があつたら、老軀に鞭打つて更にもう一度新々訳を試みたいとは思ふけれども、何分にも既に年を取り過ぎてしまつた。しかし私の訳本が今も猶江湖の需要に応じてゐるらしいのは、返す〳〵も感激に堪へない。今回も前回同様に五十数葉の挿画を入れ、町春草氏に装釘をお願ひし、題簽を谷崎松子が書いた。

昭和三十六年九月　　熱海雪後庵にて　谷崎潤一郎

文章末尾にあるように、装丁町春草、題簽谷崎松子のコンビは、前回の新訳新書版と同じ組み合わせである。今回の愛蔵版は、新訳の箱入り本としては最も判型が大きいが、いたずらに威圧的でなく柔らかな印象を与えるのは、新書版同様、表紙に厚手の芯を入れていない事による。愛蔵版という名称は、昭和三十年の一千部限定のものと混同しやすい名前であるが、あちらは限定愛蔵版、こちらは部数を限定しない、いわば普及を意図した愛蔵版とも言えようか。題簽は新書版同様谷崎松子だが、すべて新たに書き改めている。巻名の表記などに一目瞭然で、「末摘花」（新書版）→「末つむ花」（愛蔵版）、「花の宴」（新書版）→「花宴」（愛蔵版）などである。文中に「新々訳」への意気込みが記されていることも注目される。新訳の掉尾を飾るに相応しい瀟洒な本である。

○附録

愛蔵版巻一附録　円地文子「肉体化した現代訳」、池田弥三郎「いろごのみの古代―光源氏は何故柏木を殺したか―」、年中行事、余録、巻一系図、六頁。

愛蔵版巻二附録　中村汀女「雨音風音」、玉上琢彌「平安時代の生活と源氏物語」、年中行事(二)、巻二系図、六頁。

愛蔵版巻三附録　五島美代子「心のうた」、久米庸孝「『源氏』の台風」、年中行事(三)、(次回配本案内・三行)、巻三系図、六頁。

愛蔵版巻四附録　小山いと子「谷崎文学と夫人」、今井源衛「源氏物語の研究書―松平文庫調査余録―」、年中行事(四)、(別巻案内・次回配本案内・八行)、巻四別系図、六頁。

愛蔵版巻五附録　中村直勝「源語の二滴」、奥野信太郎「人間没落の文学」、年中行事(五)、(別巻案内・三行)、巻五系図、六頁。

愛蔵版別巻附録　秋山光和「源氏物語絵巻の性格」、鈴木敬三「源氏物語の服装について」、(愛読御礼・三行)、大内裏図、源氏物語附図(京都付近)六頁、

巻一附録の「余録」では、装丁の詳細について「函貼は紅樺色、西本願寺本三十六人集から取った模様を美術家福田喜兵衛氏が蠟染にした図案で、表紙には平安朝文様を特織りし、鳳凰を銀箔で捺しました。第一巻は藍海松茶色です。表紙、本扉・中扉・函の題字は谷崎松子夫人の筆、奥付「紫花余香」の印は園田湖城氏の刻であります」と述べている。表紙の色は各巻色違いで、巻二濃萌黄色、巻

三柳茶色、巻四砥粉色、巻五白橡色、別巻白練色である。新訳の掉尾を飾るにふさわしい瀟洒なシリーズである。今回も帙が別売で作製されたらしいが、未確認である。

九　新々訳元版

○巻冊・判型　全十一巻。A5判。箱入。
○書名「谷崎潤一郎新々訳　源氏物語」（表紙、背、箱背、箱平、扉）、「新々訳源氏物語」（奥）
○刊行年月　昭和三十九（一九六四）年十一月～昭和四十年十月
○定価　四百八十円
○題字・装釘・安田靫彦、検印「紫花余香」
○巻序と発行年月日
巻一、新々訳源氏物語序、例言、総目録、桐壺、帚木、空蟬、夕顔、若紫（三十九年十一月二十五日）。

　巻二、末摘花、紅葉賀、花宴、葵、賢木、花散里（四十年一月二十日）。　巻三、須磨、明石、澪標、蓬生、関屋、絵合、松風（二月二十日）。　巻四、薄雲、槿、乙女、玉鬘、初音、胡蝶（三月二十日）。

　巻五、蛍、常夏、篝火、野分、行幸、藤袴、真木柱、梅枝、藤裏葉（四月二十日）。　巻六、若菜上、若菜下（五月二十日）。　巻七、柏木、横笛、鈴虫、夕霧、御法、幻、雲隠、匂宮（六月二十日）。　巻八、紅梅、竹河、橋姫、椎本、総角（七月二十日）。　巻九、早蕨、寄生、東屋（八月二十日）。　巻十、浮舟、蜻蛉、手習、夢浮橋（九月二十日）。　別巻、凡例、隆能源氏物語絵巻、年立図表、人物略説、人名名寄、主要人物官位年齢一覧（十月二十日）。

まず書名からであるが、これまでは一冊の本の中で、表紙や背、箱などで書名の記し方に多少相違があることがあったが、今回は扉題も含めて完全に統一した書式になっている。旧訳以来四半世紀の間、扉題は「山田孝雄校閲　谷崎潤一郎訳　源氏物語」の形でほぼ一貫してきたが、新々訳に至って山田孝雄の名前が消える。

今回の序文はかなりの長文であるので、装丁についてのべる末尾の部分のみ掲出する。本シリーズ刊行中に谷崎潤一郎は他界し、これが最後の自序となった。

地模様、装釘、題簽、中扉の文字等については、旧訳の際の長野草風氏を始めとして、前田青邨氏、尾上柴舟氏、田中親美氏、小倉遊亀氏、町春草氏、谷崎松子等々、版を新たにする毎に執筆者を変えることにしていたので、今回は特に乞うて安田靫彦氏にお願いし、装釘と題簽と中扉の文字を揮毫していただくことにした。そして地模様を廃して、昭和三十年出版の五巻本以来用いている十四画伯の手になる五十六葉の挿画を、今回も使わしていただく。これは安田靫彦氏、前田青邨氏以下東西の著名な一流画家が各々四葉ずつ作品を寄せられたもので、現代いかに版を新たにしても、これ以上の源氏絵巻は他に求め得られないからである。

むらさきのゆかりの色にもえいでし花のえにしの忘られなくに

昭和三十九年十月

湯河原湘碧山房において　潤一郎しるす

○付録

挟み込みの月報の類であるが、今回から「附録」から「付録」へと表記が変わっている。以下内容について略記する。

新々訳源氏物語　挿画入豪華版巻一付録（「挿画入豪華版」と記されるが、これ以外に普及版があるわけではない。以下「巻二付録」などと略称する）〈対談〉谷崎潤一郎・ハワード・ヒベット「源氏物語をめぐって」、配本案内、隆能源氏物語絵巻寄生巻白描及び解説、巻一系図、八頁。

巻二付録　玉上琢彌「源氏物語の成立」、巻二解説、次回配本案内、浅野家蔵枕草子絵巻及び解説、巻二系図、八頁。

巻三付録　秋山虔「源氏物語の作者と紫式部日記の世界」、巻三解説、次回配本案内、五島美術館蔵紫式部日記絵巻及び解説、巻三系図、八頁。

巻四付録　高木市之助「源氏物語の風土」、巻四解説、次回配本案内、年中行事絵巻及び解説、巻四系図、八頁。

巻五付録　中村幸彦「源氏物語の後世文学への影響」、巻五解説、次回配本案内、年中行事絵巻・朝覲行幸白描及び解説、巻五系図、八頁。

巻六付録　神田秀夫「紫式部の生涯」、巻六解説、次回配本案内、年中行事絵巻・蹴鞠の図、男衾三郎絵詞及び解説、巻六系図、八頁。
巻七付録　松尾聡「源氏物語の本文」、巻七解説、次回配本案内、源氏物語絵巻柏木巻及び解説、巻七系図、八頁。
巻八付録　土田直鎮「源氏物語の時代」、巻八解説、次回配本案内、神護寺蔵山水屏風、信貴山縁起絵巻清涼殿図及び解説、巻八系図、八頁。
巻九付録　中村義雄「王朝貴族の一生」、巻九解説、次回配本案内、信貴山縁起絵巻尼公の巻及び解説、巻九系図、八頁。
巻十付録　井上光貞「源氏物語と浄土教」、巻十解説、次回配本案内、徳川黎明会蔵白描絵入源氏物語浮舟巻及び解説、巻十系図、八頁。
別巻付録　阿部秋生「源氏物語を読んだ人々」、別巻解説、絵巻各種から採取した室内調度及び解説、源氏物語附図（京都付近）、八頁。
巻九付録には、「◇七月三〇日、谷崎潤一郎先生が急逝されました。ここに哀悼の意をこめて、巻九をお届けいたします。お原稿は最後まで完成しておりますので、引き続きご愛読下さい。なお『婦人公論』九月号に、光源氏についての随筆「にくまれ口」（絶筆）が掲載されています。」と、刊行途次の谷崎急逝の知らせがある。
今回の付録の出色は、巻二から始まった当該巻の「解説」である。おおむね見開き二頁であるのだが、これが実に的確な内容の解説で、見所を凝縮して述べ、しかも大変な名文なのである。埋もれさせておくのが惜しいので、巻二（巻一は解説がない）と巻十の末尾の部分を引用しておく。「朗読したくなるような谷崎源氏の名文」とは次回（第3回）配本案内の文章に見える言葉だが、この解説もひけを取らぬ名文であった。

葵の上が死んだあと、光源氏の北の方になりうる人としてかんがえられるお二方、六条御息所とあさがおの姫宮が神に仕える身となって源氏から離れます。若い紫と源氏は「葵」の巻で結ばれますが、正式な北の方ではありません。「花散里」も同じこと、源氏の身辺は急に寂しくなります。

そういうことは前にもありました。「夕顔」の巻の終りに、「過ぎにしもけふ別るるも二道に行く方知らぬ秋のくれかな」とあります。夕顔は死に、空蟬は伊予に下り、軒端の荻は結婚し、「帚木」「空蟬」「夕顔」の三巻に出た女は全部、読者の前から姿を消します。秋でありました。

それから八年後の夏、また源氏の身に、同じようなことが起ります。違うことは政治家光源氏が失脚したことです。（以上巻二解説末尾）

東国育ちの、無思慮な、若い、女の、浮舟が出家にふみきり、長らく出家を口にしてきた薫が出家せずにいます。出家して修行して悟りを開く自信を、薫はもちえないのです、あらずもがなの学問が、彼に自信をもたせません。

「夢の浮橋」の終りは、中断なのでしょうか、終結なのでしょうか。作者は意識しておえたのでしょうか。病気・死、というような事情で筆をおいたのでしょうか。

作者執筆当時の事情は、千年近く昔のことですし、何もわかりません。作品としてみれば、このままで観照できることですし、このままでこそ、人は人生というものを改めて思いはじめることになりましょう。平安時代から人々はこのままで読んでいるのです。われわれもこのままで読むべきだと思います。（以上巻十解説末尾）

私は、中学生の時に本シリーズを読んだのであるが、谷崎訳の奥深さがどこまで理解できていたか正直怪しいものである。ただ、解説の文章の格調の高さは、中学生にでも十分に理解できた。私がその後も『源氏物語』を勉強し続けているのは、この解説文にどこかで影響されているようである。記憶力の良い中学生時代に読んだものだから、今でもふっと口をついて出てくるぐらいである。無署名なので記述者は不明であるが、中央公論社関係者か、『源氏物語』関係者であろうか。前者であれば伊吹和子氏、後者ならば玉上琢彌氏か清水好子氏であろうか。いずれにしても、旧訳以来四半世紀の積み重ねが生んだ一つのすばらしい副産物と言っても良かろう。

……とここまで書いてきて、今回、この原稿のために、付録を改めて読み返してみると、最後の別巻解説の中で「◇「新々訳源氏物語」の最終巻をお届けします。ご愛読を感謝します。なお、本付録の各巻解説は、大阪女子大教授玉上琢彌氏に、絵巻解説は、二松学舎大講師中村義雄氏にご執筆いただきました」と記されているのを発見した。

四十年ぶりに疑問が氷解したわけだが、最終巻の付録なので、うっかり見落としていたわけである。私は、月ぎめで、配達されてくる谷崎源氏を順番に読んでいたわけだから、読み終わった後に届けられた、人物略説、人名名寄などの解説類の最終巻にはきちんと眼を通さなかったようだ。従って、この巻に限っては、挟み込みの付録なども読んでいなかったのである。

そういえば、「観照」という言葉は、玉上氏の論文によく見られる用語であった。これは、『源氏物語』を勉強してきた現在になって気づいたことであるが。

私が『源氏物語』の研究者の端くれとなってからは、大先達の玉上氏に、論文抜刷や著書をお送りして批評を頂戴したこともある。こんなことならば、生前玉上氏に書面ででもお礼を申し上げれば良かったと後悔しきりなのである。遅まきながら、改めて泉下の玉上先生に感謝申し上げる次第である。

一〇　新々訳彩色版

○巻冊・判型　全六巻。菊判。帙入。
○書名　「潤一郎新々訳　源氏物語」（表紙、背、扉、奥、帙）
○刊行年月　昭和四十一（一九六六）年五月〜十月
○定価　千九百円
○題字・装釘・谷崎松子、検印「紫花余香」

○巻序と発行年月日
巻一、新々訳源氏物語序、同付記、例言、総目録、桐壺、帚木、空蟬、夕顔、若紫、末摘花、紅葉賀、花宴、葵、賢木、花散里（四十一年五月二十五日）。　巻二、須磨、明石、澪標、蓬生、関屋、絵合、松風、薄雲、槿、乙女、玉鬘、初音、胡蝶（六月二十五日）。　巻三、蛍、常夏、篝火、野分、行幸、藤袴、真木柱、梅枝、藤裏葉、若菜上、若菜下（七月二十五日）。　巻四、柏木、横笛、鈴虫、夕霧、御法、幻、雲隠、匂宮、紅梅、竹河、橋姫、椎本、総角（八月二十五日）。　巻五、早蕨、寄生、東屋、浮舟、蜻蛉、手習、夢浮橋（九月二十五日）。　別巻、凡例、隆能源氏物語絵巻、各帖細目、帖別系図、年立図表、人物略説、人名名寄、帖名出所、主要人物官位年齢一覧（十月二十五日）。

『源氏物語』の現代語訳を、生涯に三回試みた谷崎潤一郎は、その三回目の新々訳の刊行途中に逝去した。昭和四十年七月三十日のことである。全十一巻の新々訳元版のうち、全八巻まで刊行、付録の第十一巻を別にすれば、現代語訳の巻はあと二冊までこぎ着けていた。ただし、「原稿は最後まで完成して」（第九巻月報）いたので、刊行に支障はなかった。配本の間隔も従来通り月一冊が正確に守られ、四十年十月二十日に無事最終巻の刊行を終えた。それから半年後、新々訳の豪華本が刊行されるに至った。その経緯については、谷崎松子の「付記」に示されている。

広範囲にわたって好評を受けた新々訳源氏物語が今回豪華本として装いを更めて出版されることとなった。

思えば、昨年の夏谷崎急逝の一週間前に嶋中社長からすでにこの話があって非常に楽しみなことを聞いたと言っていた。おそらく装釘のことなど思い浮かべていたことであろう。

私は残されて以来何事もでき得る限り遺志に添うよう努めて来た。嶋中社長はじめ関係の方々も同じ思いに極めて遺志を尊重して下さって出版されるものである。

これまでの挿画は白描であったが、今回は各巻の画伯にお願いして彩色を施していただき、上村松篁、竪山南風両画伯の新画を加えて一段と華麗になった。装釘もすべて谷崎の好みに合うように心の籠った助力をいただいた。ともに感謝の意をあらわしたい。

源氏物語愛好の皆様に愛蔵していただければ、鎮魂の意義も深く私も仕合せに思うのである。

昭和四十一年四月　湘碧山房において　谷崎松子しるす

豪華本の計画は、新々訳元版の刊行中から既に持ち上がっていた。谷崎松子の文章によれば、谷崎生前からこの企画の話は進んでいたらしく、「谷崎急逝の一週間前」には、この話が谷崎の元にもたらされていたのである。新々訳も第八巻を出して、全巻の見通しがついた頃である。今回の版の最大の特色は、挿画に彩色が施されたという点にある。旧訳・新訳・新々訳、それぞれに普及版・愛蔵版があり、小型版・新書版なども含めて十数種の異装版がある谷崎源氏の中で、唯一の彩色挿画版でもある。

そもそも戦後の谷崎源氏を象徴するような、日本画壇を総結集しての五十六枚の挿画が企画されたのは、新訳の元版の全冊刊行を受けて、新訳の第二回目の企画として、一千部限定の豪華本にむけてのことであった。とすれば、新々訳でも、元版が完成すれば、第二回目の企画として、新訳の時と同様に豪華本の作成が日程に上るのは当然であった。

折しも、出版界はカラーの時代を迎えていた。河出書房はこの年（昭和四十一年）の正月から、カラー版『世界文学全集』の刊行を開始し、第一回配本の『戦争と平和』は一か月で三十万部を売り上げるという驚異的な数字を記録し、河出は余勢を駆って、この後『日本文学全集』『世界の歴史』『世界の旅』『少年少女文学世界の文学』『千夜一夜物語』などカラー版と銘打ったシリーズを釣瓶打ちにしてくる。『日本国民文学全集』『国民の文学』豪華版『日本文学全集』など、昭和三十年代から、一貫して与謝野源氏を全集に収載してきた河出書房は、予想通りこの翌年のカラー版『日本文学全集』の第一回配本に与謝野源氏を起用し、新井勝利のカラー挿絵と相俟って人気を博すことになる。そうした流れも、今回の挿画彩色という方針と必ずしも無縁ではなかろう。

ところが、難題が立ちはだかった。挿絵を初めて使用した全一千部の新訳限定愛蔵版の刊行から十年以上の歳月がたち、五十六枚の挿画を担当した十四名の大家のうち、二人がすでに物故していたのである。それは蛍・常夏・篝火・野分を担当した菊池契月と、若菜下の内の一枚（分量の多い若菜上・下二巻にはそれぞれ挿絵が二枚ずつ入る）と柏木・横笛・鈴虫の太田聴雨の二人である。実は菊池契月は、谷崎源氏の挿画を描き終えたあと、昭和三十年九月九日に逝去しており、同年十月の挿画入の新訳限定愛蔵版の刊行を実際に見ることはできなかったのである。太田聴雨は昭和三十三年三月に逝去、こちらは新訳限定愛蔵版と、その後の新訳普及版（昭和三十一年刊行）まで見届けることができた。聴雨の没後も、新訳新書版・新訳愛蔵版・新々訳元版と挿画が使用されて、今回の色彩版へと至るのである。菊池契月と太田聴雨によって描かれた八枚については「各巻の画伯にお願いして彩色を施していただき」ということができないため、あらたに「上村松篁、竪山南風両画伯の新画を加えて」という形になったのである。実は、彩色挿画はこの版のみであり、後続する、新書版、小型版、文庫版、一冊版はいずれも元版の白描の挿画を用いたから、上村松篁の蛍・常夏・篝火・野分の挿画と、竪山南風の若菜下・柏木・横笛・鈴虫の挿画はこのシリーズだけでしか見ることができないものである。そういう意味での希少価値も有する版である。

ちなみに、上村松篁の方は構図を改めながらも、蛍に照らされた玉鬘（玉鬘巻）、垣根の瞿麦（常夏巻）、篝火と光源氏（篝火巻）などと、菊池契月が画材とした物語の場面をできるだけ生かす形で描いているのに対して、竪山南風の方は、画材とする場面そのものを全く違う場所から選んでいる。太田聴雨が挿画にした場面は、女三宮に迫る柏木（若菜下巻）、弾き手を失った和琴（柏木巻）、筍と幼い薫と光源氏（横笛巻）、十五夜の月に照らされた六条院（鈴虫巻）であったが、竪山南風が描き出したものは、二条院の蓮の花（若菜下）、柏木の法要のための仏像（柏木巻）、月に照らされた柏木遺愛の笛（横笛）、鈴虫の声がする草むら（鈴虫巻）と、全く異なっている。二人の個性の差であるのか、考え方の相違であるのか、ともあれ面白い現象である。

ごくごく些細なことであるが、「新々訳源氏物語序」を今回も巻頭に据えているために、この序文の末尾近くにある「昭和三十年出版の五巻本以来用いている十四画伯の手になる五十六葉の挿画を今回も使わしていただく」という文章とは多少齟齬を来していることになる。ちなみにここでいう「五巻本」が、本稿で言う「新訳限定愛蔵版」のことである。

次に、谷崎源氏につきものの月報は、これまでとがらりと様変わりをして、写真で、『源氏物語』の舞台となった建物や場所が紹介される形となっている。これも、書籍にカラー図版や写真を多用するようになった当時の風潮の反映であろうか。

たとえば、第一巻の二頁には「左近桜が満開の紫宸殿（南殿）」「清涼殿」の写真を掲げ「江戸時代に再建された現在の京都御所は、平安朝の内裏とは、位置・規模・建物など、もちろん異なっている。しかし、寝殿造りの姿を平安時代そのままに復元してある紫宸殿と清涼殿は、一般拝観を許される日もあって、当時の宮廷生活のおもかげを如実にしのぶことができる」云々の解説と、その場所を舞台とする谷崎源氏の本文を引用掲出する。紫宸殿では「二月の二十日あまりに、南殿の桜の宴をお催しになります。［「花宴」二五三頁］」「先年春宮の元服が、南殿において行われましたが、［「桐壺」二四頁］」の文章が、清涼殿では「清涼殿の東の廂の間に、東向きに倚子を立てて、冠者の御座、加冠の大臣の御座をその前に設けます。中の時に源氏が席につかれます。［「桐壺」二四頁］」などの文章が引かれている。

こうした内容であるから、月報や付録という名称ではなく「紫のゆかりを尋ねて」というタイトルが付けられている。別巻に挿入された「紫のゆかりを尋ねて（六）」には、前田家蔵の青表紙本花散里巻や藤原道長自筆の御堂関白記の書影や、武生市（現越前市）にある谷崎が揮毫した紫式部の歌碑の写真などが含まれていて貴重である。

一一　新々訳新書版

○巻冊・判型　全八巻。変形新書判。箱入。
○書名「潤一郎訳　源氏物語」（背、箱背）、「谷崎潤一郎訳　源氏物語」（箱平）、「谷崎潤一郎訳　源氏物語」（扉）、「潤一郎訳源氏物語」（奥）
○刊行年月　昭和四十五（一九七〇）年十一月～昭和四十六年六月
○定価　五百円
○装釘・町春草、題簽・谷崎松子、検印「紫花余香」
○巻序と発行年月日
巻一、新々訳源氏物語序、付記、総目録、例言、桐壺、帚木、空蟬、夕顔、若紫、末摘花、紅葉賀（四十五年十一月二十日）。巻二、花宴、葵、賢木、花散里、須磨、明石、澪標（十二月二十日）。巻三、蓬生、関屋、絵合、松風、薄雲、槿、乙女、玉鬘、初音（四十六年一月二十日）。巻四、胡蝶、蛍、常夏、篝火、野分、行幸、藤袴、真木柱、梅枝、藤裏葉（二月二十日）。巻五、若菜上、若菜下、柏木、横笛（三月二十日）。巻六、鈴虫、夕霧、御法、幻、雲隠、匂宮、紅梅、竹河、橋姫（四月二十日）。巻七、椎本、総角、早蕨、寄生（五月二十日）。巻八、東屋、浮舟、蜻蛉、手習、夢浮橋

（六月二十日）。

菊版の豪華な彩色大型本の次は、一転して小型の瀟洒な新書版を刊行するあたり、シリーズの対照の妙が巧みに発揮された企画である。ここでも、谷崎に替わって、刊行の経緯について述べる松子の「付記」から引用しておこう。

節を屈して源氏物語訳を新仮名に思い立つに至った、と谷崎の序にある通り、この新仮名の源氏が、今や決定版となった。

旧態依然として旧仮名を守っていて、そのために若い読者層から疎んぜられているとすれば、私はやっぱり寂しいと言っていた気持がしみじみと私の心に残っている。

私は、法然院の夫の墓所に詣でるごとに、墓前に若い人々の姿を見出で、生前に新仮名に踏み切っていておいてくれてよかった、とつくづく思うことである。

今回、新訳の装釘をお願いした時に、たいそう好評を得た町春草様に装いを更めていただくこととなった。典雅にして新味もあり、持ち歩きも可能な大きさの本のまみえる日も近いことであろう。

源氏物語が、現代も必読の書となり、今もなお読み返すほどに魅了される秘密は那辺にあるか、読者それぞれが探求されたいものと思う。さすれば、古来、他の国にない日本独自の優雅典麗等の失われて行ってはならぬものの貴さが、切実に惜しまれるのではないであろうか。

昭和四十五年十月

湘竹居において　谷崎松子しるす

町春草が谷崎源氏の装丁を担当するのは、新訳新書版・新訳愛蔵版以来三度目である。新訳の二つの装丁では、菊版の愛蔵版も豪華で重厚な装丁で捨てがたい良さがあるが、どちらか一つを選べと言われれば、稿者としては、瀟洒な新書版に軍配を上げたい。新訳新書版の印象がやはり鮮烈であったのか、新々訳でも新書版の刊行に際して、町春草の再登板となったのである。

猶、判型で、変形新書版と表記したのは、前回の新書版に比べて、縦は同寸であるものの、横は約一糎大きく、全書版に近いからである。外箱のデザインは、かつての「貼函に墨流しを配し」（新訳新書版巻一附録）たものと通底するものがある。新訳と新々訳、町春草の装丁した二つの新書版谷崎源氏を並べて見るのも、一興であろう。これら新書版とほぼ同判型の『川端康成選集』（新潮社、一九五六年、全十冊）でもそうであるが、町の装丁は小型本の時一層輝くようである。

いま、あえて新訳の附録（月報）から、その一部を引用したが、このシリーズ、すなわち新々訳新書版では、月報・付録の類を見出すには至らない。何種類かこのセットを収集してみたが、いずれも月報の類は挟まれていなかった。図書館などでも何冊か当たってみたが、こちらは月報類はもともと保存されないこともある（田坂『大学図書館の挑戦』和泉書院、二〇〇五年、参照）ため、疑問なしとしないが、取りあえず月報は作成されなかったと考えておきたい。

新書版の後、次項の小型版（愛蔵新書版）との間に、中公文庫版が刊行されている。初版は、昭和四十八（一九七三）年の刊行で五分冊である。紙幅の関係で、中公文庫や谷崎潤一郎全集所収の谷崎源氏については、省略に従う。

一二　新々訳小型版（愛蔵新書版）

シリーズ名としては、帯や化粧箱では「愛蔵新書版」と記されているが、前項の、町春草装丁の新書版と区別するために、小型版の名称で呼ぶ。

○巻冊・判型　全八巻。変形新書判。箱入。
○書名　「谷崎潤一郎訳　源氏物語」（背、箱背）、「潤一郎訳源氏物語」（表紙、箱平、扉、奥付）
○刊行年月　昭和五十四（一九七九）年十月〜五十五年八月
○定価　九百八十円
○題字・装釘・安田靫彦、検印「紫花余香」
○巻序と発行年月日
巻一、新々訳源氏物語序、例言、総目録、桐壺、帚木、空蟬、夕顔、若紫（五十四年十月二五日）。巻二、末摘花、紅葉賀、花宴、葵、賢木、花散里（十一月二十日）。巻三、須磨、明石、澪標、蓬生、関屋、絵合、松風（十二月二十日）。巻四、薄雲、槿、乙女、玉鬘、初音、胡蝶（五十五年一月二十日）。巻五、蛍、常夏、篝火、野分、行幸、藤袴、真木柱、梅枝、藤裏葉（二月二十日）。巻六、若菜上、若菜下（三月二十日）。巻七、柏木、横笛、鈴虫、夕霧、御法、幻、雲隠、匂宮（四月二十日)。巻八、紅梅、竹河、橋姫、椎本、総角(五月二十日)。巻九、早蕨、寄生、東屋(六月二十日)。巻十、浮舟、蜻蛉、手習、夢浮橋(七月二十日)。別巻、凡例、隆能源氏物語絵巻、年立図表、人物略説、人名名寄、主要人物官位年齢一覧(八月二十日)。

菊版から変形新書版に小型化されたが、貼箱も上製本の造りもデザインも、新々訳の元版と全く同じで、新々訳と言えば誰もが想起する安田靫彦の美麗な装丁である。もちろん巻名の筆跡も、巻名を記載する薄様の色目も同じで、正に新々訳の小型版と言うにふさわしい。稿者自身、元版は長年の繙読に経年の疲れが出ているので、後年求めたこの小型版をもっぱら愛読している。同じ材質を使って小型化して再刊した小型版の方が、元版(四百八十円)の倍以上の売価になっていることが、昭和四十年代を間に挟むこの十五年間の物価上昇のすさまじさを示している。

○月報

谷崎源氏のいわゆる月報は、旧訳以来、附録または付録と表記されてきたが、今回初めて「月報」と記される。巻一の例で挙げれば、一頁目の最初に大きく「潤一郎訳源氏物語」と安田靫彦の筆跡を影印の形でのせ、その左右に「愛蔵新書版巻一」「昭和54年10月」と小さく記し、その下に横書きで「月報1」「中央公論社」と記す。以下具体的に各冊の内容を記す。

巻一月報　丸谷才一「榊の小枝」、幸田露伴「余沢」、安田靫彦「谷崎さんと源氏」露伴と靫彦の二つの文章は、昭和十四(一九三九)年二月六日「大阪朝日新聞」掲載の谷崎源氏(いわゆる旧訳)発刊時の広告の再録、配本案内、六頁。

巻二月報　金井美恵子「魅惑の谷崎源氏」、島木健作「一読者として」（昭和十四年二月六日「読売新聞」掲載の谷崎源氏発刊時の広告の再録）、配本案内、四頁。
巻三月報　水上勉「その頃からの感動」、配本案内、四頁。
巻四月報　中里恒子「源氏物語について」、配本案内、四頁。
巻五月報　田久保英夫「初めての源氏体験」、配本案内、四頁。
巻六月報　向田邦子「源氏物語・点と線」、配本案内、四頁。
巻七月報　中村幸彦「近世における小説としての源氏物語評」、配本案内、四頁。
巻八月報　中村真一郎「谷崎と『源氏』と世界文学」、配本案内、四頁。
巻九月報　大原富枝「谷崎源氏の懐かしさ」、配本案内、四頁。
巻十月報　ドナルド・キーン「谷崎源氏の思い出」、配本案内、四頁。
別巻月報　岡野弘彦「谷崎源氏と私」、編集後記、四頁。

従来の付録・月報で多くを占めていた、『源氏物語』の研究者や国文学者の寄稿が少なく、小説家中心であることが特色である。数少ない例外は、新々訳元版巻五付録に「源氏物語の後世文学への影響」を寄せていた中村幸彦の再登板くらいである。

小型版ということで、月報は元版の半分の四頁となっており、元版にあった玉上琢彌の各巻の解説が再録されていない。あれは谷崎源氏の本文にも匹敵する名調子の解説であったから（九　新々訳元版）、再掲されなかったのは実に惜しい。そのかわり、金井美恵子、水上勉、中里恒子、田久保英夫らが、それぞれの谷崎源氏体験を語る文章が貴重である。

巻六月報の向田邦子「源氏物語・点と線」では、短いエッセイながら、冒頭の『源氏物語』をテレビドラマ化した折の「ひとり足りない」という久世光彦からの電話から、読者を一挙に引き込んでしまう、この人らしい達意の文章である。中で、向田が谷崎源氏に出会ったのは、昭和三十八、九年頃であると記されている。年齢が離れているため、一、二年遅れるが、稿者もやはり同じ新々訳の元版から『源氏物語』との縁ができたことを考えると、不思議な思いがある。それにしても、この人に『源氏物語』を何回も脚色してほしかったという思いが強い。それも、長編ではなく単発か連作の形で、夕顔とか、末摘花とか、葵の上とか、浮舟とか。何も女性に限らない、式部卿宮とか惟光なども面白かろう。そうすれば、また異なった『源氏物語』の世界が見えてくるのではなかろうか。それだけの奥行きの深さを持つ作品であり、また別の光を当てることのできる作家であっただろうと思う。

このシリーズで特記しておきたいのは、いわゆる売り上げスリップである。これは書店で当該書籍が販売された際に、補充のリストとして回収されることが多いのだが、実際には引き抜かれないで、挟まれたままで購入者の手に渡ることも少なくない。当該書の短冊形スリップは、片面（長い方）が注文カード、もう片面（短い方）が売上カードとなっており、共に書名、著者名、発行所名、配本、価格が記入されており、注文の面では書店名と注文数の欄があり、売上の面では（分類）〇三九三、（製品）三二〇〇〇一、（出版社）四六二二などと記されている。ＩＳＢＮが使用される以前の時代である。さて、このスリップ注文面も売上面も、書名の「潤一郎訳　源氏物語　巻一」の部分に、表紙で使われている安田靫彦の筆跡をそのまま影印で用いているのである。上述したように月報でも安田の筆跡は使われており（文字の配置は多少異なる）、更に一括購入の場合は全冊が濃紺の化粧箱に入っているが、ここでも安田靫彦の文字で書名が記されている。書籍そのものはもちろん、化粧箱からスリップまで、まるごと愛蔵しておきたいシリーズである。

一三　新々訳一冊本・元版

○巻冊・判型　全一冊、別に付録一冊、箱入。本冊は菊版上製本一六九二頁、付録は菊版並製本一三七頁。
○書名「谷崎潤一郎訳　源氏物語　全」（背、扉、奥付、箱背、箱平）
○刊行年月　昭和六十二（一九八七）年一月二十日
○定価　八千八百円（六十二年五月まで発刊記念特価七千八百円）
○題字・装幀（従来の「装釘」に替わり、今回の一冊本からこの表記となる）・加山又造

本冊は、新々訳源氏物語序、例言、目次、以下桐壺巻から夢浮橋までを全一冊に収める。そのため一六九二頁に及ぶ厚冊となっている。帯の二箇所に同じ文章が記されているごとく「不朽の名訳『谷崎源氏』が全一巻に」というのが今回の版の最大の特色であった。従来、谷崎源氏は最も少ない冊数でも愛蔵版・文庫版などの全五冊、最大冊数は旧訳の時の二六冊であったが、今回は一冊で読める形にしたのである。さすがに従来の別巻の各種解説類までは収載できなかったため、これらの一部を付

録として並製の別冊に仕立て、本冊と併せて一つの箱に収めている。付録とは谷崎源氏では旧訳・新訳・新々訳いずれも月報のことであったが、今回は従来の別巻に該当するものである。箱の帯には、永井路子が「一冊の谷崎源氏」、村松友視が「無人島への一冊」という小文で、この形式を称揚している。

新訳以来谷崎源氏の特色の一つでもあった各巻の挿画もきちんと収められており、まさに一冊の決定版なのであるが、唯一残念なのは各巻の巻名を記した、色変わりの薄様紙が廃されていることである。すでに一七〇〇頁に近い本冊の構成に加えて、薄様とはいえ雲隠を入れて五十五枚の巻名表記の紙質の異なる紙が挿入されるのは、製本の都合上避けたかったのかもしれない。しかしこの巻名は、従来は尾上柴舟、前田青邨、安田靫彦、谷崎松子などの流麗な筆跡が彩った部分であり、これがまた谷崎源氏の各版の違いを見る楽しみの一つであっただけに、多少残念な思いは拭えない。

別冊付録は、読解の手引きとなる資料・解説をあつめた従来の別巻に当たる。厚冊の本冊と一つの箱に収めるために、別冊は並装一三七頁とコンパクトな形になっている。解説類も当然絞り込まれており、その内容は、凡例、隆能源氏物語絵巻、年立図表、人名名寄、主要人物官位年齢一覧のみである。従来別巻に含まれて読解の一助ともなっていた、各帖細目、帖名出所、帖別系図人物略説などは省略されている。

一冊にする上での制約はあったであろうが、書架に大型本や叢書類をずらりと並べる時代がしだいに遠ざかる状況では、こうした一冊版というのも時宜にかなったものであったに違いない。加山又造の装丁も相俟って、新しい時代の読者を獲得したであろう。ちなみに、一冊本の谷崎源氏にさかのぼること三年、昭和五十九年に『ザ・漱石』を刊行して以来『ザ・龍之介』『ザ・啄木』から『ザ・大菩薩峠』まで一冊本の、〈ザ・作家シリーズ〉を刊行している第三書館は、平成二十年に与謝野源氏の『ザ・源氏物語』を刊行している。

一四　新々訳一冊本・普及版

前項の一冊本は、昭和の最後の谷崎源氏であったが、平成の時代に入り、多少形を改めた普及版が刊行されている。元版は本冊と別冊付録の二冊が一つの箱に収められていたが、今回は別冊が省かれており、単純な異装版とも言い難いので別項として立てている。

○巻冊・判型　全一冊、箱入。菊版一六九二頁。
○書名　「源氏物語　全　谷崎潤一郎訳」（背、箱背）、「谷崎潤一郎訳　源氏物語」（箱平、ジャケット）、「谷崎潤一郎訳　源氏物語　全」（奥付）
○刊行年月　平成四（一九九二）年十一月三十日
○定価　六千五百円（税込、五年六月まで発刊記念特別定価五千八百円、同前）
○題字・装幀・加山又造

昭和六十二年一月の一冊版の元版は、貼箱入り、ハードカバー装であったが、これが約五年後に刊行された普及版では、紙箱入り、ソフトカバー装となっている。題字・装丁は元版と同じく加山又造である。本冊の表紙のデザインは元版・普及版全く同一であるが、元版の貼箱のデザインを普及版ではジャケットに転用させている。

上述したごとく最大の相違は、元版にあった一三七頁の別冊付録が省かれていることである。結局、箱・表紙・本文料紙を薄手のものにして、更に別冊付録を省略することにより、普及版は元版に比べて、箱入りの段階では約二糎、本冊の比較では約一糎薄手に仕上げており、いっそう時代に適合した軽量化が図られている。省略された別冊付録に替わって、普及版には、従来の月報に近い形のものが挟み込まれている。四頁二つ折りの「付録」がそれで、大野晋が紀宮清子内親王の話から書き起こした「優雅」という題の一文が寄せられている。文中に、谷崎の旧訳の桐壺巻巻頭の原稿の書影が載せられている。編集後記のたぐいはない。

番外　中公カセットライブラリー

番外編として、谷崎源氏の新々訳を関弘子が吹き込んだカセットライブラリーをあげておきたい。谷崎源氏の全容を書きとどめておくのが本書のねらいであるが、なかでも資料として埋もれがちな、月報や付録の類については、題名・著者名を網羅することをこころがけてきた。このカセットライブラリーでも、面白い解説類が記されているので、取り上げることとする。

○巻冊・判型　全六冊、菊版、箱入。各冊はカセットテープ六巻が入った内箱と、別冊として菊版並製の梗概・解説入りの一〇〇頁強の小冊子とが一つの箱に収められる。

○書名　「谷崎潤一郎訳　源氏物語」（冊子表紙、冊子背、冊子奥付、箱平）「源氏物語　谷崎潤一郎訳」（箱背、カセット内箱背）

○刊行年月　昭和六十三（一九八八）年五月～平成元（一九八九）年八月

○定価　一万三千円（六十二年五月まで発刊記念特価七千八百円）

○題字・装幀・加山又造

　発行年月日を見ても分かるが、一三の一冊本の翌年の刊行で、デザインは、一冊本元版と全く同じである。外箱は一三の貼箱と全く同じ意匠で、カセットテープを入れた内箱のデザインが、一三の表紙に使われていた銀砂子に銀切紙を散らしたものである。

○巻序と発行年月日

巻一、桐壺、帚木、空蟬、夕顔、若紫、末摘花、カセットテープ九〇分三本六〇分三本（昭和六十三年五月二十五日）。　巻二、紅葉賀、花宴、葵、賢木、花散里、須磨、明石、九〇分四本六〇分二本（八月二十五日）。　巻三、澪標、蓬生、関屋、絵合、松風、薄雲、槿、乙女、九〇分四本六〇分二本（十一月二十五日）。　巻四、玉鬘、初音、胡蝶、蛍、常夏、篝火、野分、行幸、藤袴、真木柱、九〇分四本六〇分二本（平成元年二月二十五日）。　巻五、梅枝、藤裏葉、若菜上、若菜下、九〇分五本六〇分一本（五月二十五日）。　巻六、柏木、横笛、鈴虫、夕霧、御法、幻、雲隠、九〇分三本六〇分三本（八月二十五日）

カセット六本の収録時間が巻冊によって微妙に違うので記載しておいた。注目すべきは、収録されたのは『源氏物語』の全巻ではなく、光源氏の在世時の物語までで、いわゆる第三部（匂宮三帖・宇治十帖）が含まれていないことである。第一巻の帯に「全六巻」と記され、第六巻の帯に「全巻完結」と記されていることから、当初からこの計画であったらしい。純粋な意味での〈光源氏の物語〉としたのであろうか。

別冊の小冊子は、「梗概・解説」と表紙に記されている。内容は、前半が鈴木宏昌作成の梗概と各巻系図、後半が「源氏物語について」という総題の下に三編の文章が寄せられている。朗読では、谷崎源氏の一部が省略されているため、梗概ではその部分をポイントを落として表記しており、聴取者に便宜が図られている。後半の解説三編は、各冊異なる女流文学者が巻頭に一編、次いで朗読者の関弘子と、監修の西村亨が連載で担当している。以下、題名と小冊子の総頁を列挙する。

第一巻　永井路子「鴻臚館を読み解く」、関弘子「『源氏』は話しことばで書かれている（語り手より一）」、西村亨「『修紫田舎源氏』―源氏物語のパロディ（光源氏の末裔たち一）」、一一四頁。

第二巻　杉本苑子「紫式部の結婚生活」、関弘子「登場人物の年齢の謎（語り手より二）」、西村亨「『好色一代男』―俳諧的摂取（光源氏の末裔たち二）」、一一二頁。

第三巻　田辺聖子「源氏という男の面白さ」、関弘子「死の描写は美しい（語り手より三）」、西村亨「『俳諧七部集』―王朝生活のおもかげ（光源氏の末裔たち三）」、一二四頁。

第四巻　大庭みな子「複雑怪奇な物語」、関弘子「『源氏』わからないづくし（語り手より四）」、西村亨「〈源氏物語物〉の謡曲　―源氏理解の中継点（光源氏の末裔たち四）」、一二四頁。

第五巻　瀬戸内寂聴「源氏物語のプライド」、関弘子「私はどうしても物語の創り手を考える（語り手より五）」、西村亨「与謝野晶子の源氏ぶり　─王朝生活への思慕（光源氏の末裔たち五）」、一〇六頁。

第六巻　三枝和子「『源氏物語』四度目の出会いへ」、関弘子「新しい初心を積もう（語り手より六）」、西村亨「『細雪』─『源氏物語』を透過した市民社会（光源氏の末裔たち六）」、一〇四頁。

巻頭の六人は、平成の現代語訳を完成した瀬戸内寂聴や、上質の梗概本『新源氏物語』の田辺聖子を始め、王朝物の佳作を多く書いている女流作家を並べ、この上ない人選といって良かろう。

おわりに

以上、旧訳・新訳・新々訳の谷崎源氏を見てきた。厳密な意味での書誌的解題ではなく、正に谷崎源氏の世界を楽しみつつ逍遙してきたのである。それにしても、一千年を超えて生き続ける『源氏物語』が、谷崎潤一郎の流麗な筆致によって新たな命を吹き込まれ、尾上柴舟、長野草風をはじめ前田青邨・安田靫彦・田中親美・奥村土牛・町春草等々から加山又造に至る多くの優れた書家や画家たちの美しい意匠をまとって、私たちの前に次々と姿を現した、昭和から平成へ掛けてのこの半世紀の出版文化の豊穰な稔りを手にすることができた幸せをしみじみと嚙みしめるのである。

第五章　研究の新しい風

人文科学の研究を職業として選んだ幸運は、退職して所属がなくなっても、自分の選んだ速度で研究を継続できることである。人文科学の研究成果はその一部を学生に講義で還元することがあっても、残りの大部分は自分自身の知識や次の研究への基礎になるものである。共同研究が原則であり、共同で機械を使用することの多い自然科学とは異なる。研究にかかる経費は身銭を切るのが当然であるから、研究費がなくなってもほとんど不自由はしない。ただ、研究室という空間がなくなったので資料や本の置き場には困るが、それも保管場所さえ確保すれば何とかなる。

一方、在職中と同じように、若い人達を中心に、恐縮ながら先達からも、研究成果を送っていただけるから、年金暮らしとなっても、新しい研究の情報に事欠くことはない。気になるものは更に購入して目を通していると、ここ数年、すぐれた研究成果が陸続と刊行されているのには目を見張るばかりである。

いま、その一部を列挙すると、以下のようになる。

二〇一八年、湯浅幸代『源氏物語の史的意識と方法』新典社、松本大『源氏物語古注釈書の研究「河海抄」を中心とした中世源氏学の諸相』和泉書院、吉森佳奈子『「河海抄」の「源氏物語」』和泉書院。二〇一九年、田渕句美子『女房文学史論　王朝から中世へ』岩波書店、上野英子『源氏物語三条西家本の世界　室町時代享受史の一様相』武蔵野書院。二〇二〇年、高橋由記『平安文学の人物と史的世界　随筆・私家集・物語』武蔵野書院、池田和臣『源氏物語生々流転　論考と資料』武蔵野書院、沢田正子『源氏物語の人々』笠間書院、瓦井裕子『王朝和歌史の中の源氏物語』和泉書院、佐藤由佳『源氏物語　現代語訳書誌集成』新典社、高田信敬『文献学の栞』武蔵野書院。二〇二一年、星山健『王朝物語の表現機構　解釈の自動化への抵抗』文学通信、中野幸一『物語文学の諸相と展開』勉誠出版。二〇二二年、神原勇介『「源氏物語」明石一族物語論　形成と主題』新典社、坂本信道『王朝物語のために』和泉書院、竹内正彦『源氏物語の顕現』武蔵野書院。二〇二三年、横溝博『王朝物語論考　物語文学の端境期』勉誠出版、勝亦志織『平安朝文学における語りと書記　歌物語・うつほ物語・枕草子から』武蔵野書院、妹尾好信『平安文学を読み解く　物語・日記・私家集』和泉書院、田中登・横井孝『源氏物語古筆の世界』武蔵野書院。二〇二四年、田口暢之『与謝野晶子が詠んだ源氏物語　鶴見大学図書館蔵「源氏物語礼讃」二種』花鳥社、大津直子『谷崎源氏の基礎的研究』武蔵野書院、春日美穂『源氏物語の皇統譜』新典社、高橋早苗『源氏物語の戦略　引用と反復』文学通信、倉田実『図鑑モノから読み解く王朝絵巻』全三巻　花鳥社。

このほか、佐藤道生、陣野英則、中野幸一、室城秀之、廣田収、横溝博等の編輯になる論文集にも水準の高い論考が多く寄せられていた。

また、選書、新書、叢書等の中にも、門戸を広く開けながらも奥行きが深く、新見が多く見られる本が多い。発行年は略すが、渡部泰明『和歌史　なぜ千年を越えて続いたか』角川選書、高木和子『源氏物語を読む』岩波新書、福家俊幸『紫式部　女房たちの宮廷生活』平凡社新書、田渕句美子『百人一首　─編纂がひらく小宇宙』岩波新書、小川剛生『「和歌所」の鎌倉時代』ＮＨＫブックス、伊井春樹『紫式部の実像　稀代の文才を育てた王朝サロンを明かす』朝日選書、等々である。

これらの中でも以下の三編は、研究の新しい風を代表する著作であり、たまたま稿者が紹介する機会があったので、その文章を再録して、改めて一読を勧めたいと思う。

一　高木和子著『源氏物語再考　長編化の方法と物語の深化』

これは単純な意味での高木和子の論文集ではない。『源氏物語』の論文集である。鬼面人を驚かすような言い方をしたのには理由がある。現今の日本古典文学の研究論文集は、その論者が所属している世代や集団や学統の強い磁場の中で書かれたものが多い。その著者の名前を見れば、論文集の傾向がおおよそ想像できるものである。本論文集はそういう意味で、著者高木和子を簡単に捕捉できる論文集ではない。歴史学や漢文学や日本語学など隣接分野まで包括した幅広い視野を持ちつつも、論じる立場の恣意性を一旦消し去った上で、『源氏物語』と真摯な対話を繰り返し、特定の文芸思潮や方法論を超越した遙かな高みに本書は存在している。比喩的な言い方をすれば、無限に広がる源氏物語論の彼方に、高木和子という研究者の姿が立ち現れてくる論文集と言うことができようか。そうしたきわめて幅広い論考であるので、まず目次を掲出して、全体像を把握することとする。

第十四章　「飽かず」の力　―物語展開の動因
第十五章　第二部における出家と宿世　―仏教的価値観による照射
第十六章　古代語の「身」　―「身にあまる思ひ」考
Ⅴ　物語の構築方法
第十七章　虚構の人物の創造　―相対的形象、准拠の利用、詳細化
第十八章　場面形象の模索　―型からの逸脱と語りの方法
第十九章　慣用表現の利用　―物語を拓く引歌・引詩
第二十章　仮名日記文学における物語性　―事実と虚構の相克

第Ⅰ部第Ⅱ部の編名からわかるように、本書の副題である「長編化の方法と物語の深化」をもっとも雄弁に語っているのはこの二つの部分である。本書の骨格を形成している部分であるから、こちらから見ていくこととする。

最初に取り上げたいのは、第Ⅰ部第三章「系図の変容」（以下副題は省略）である。ここでは桐壺院の皇子たちが、物語の進展に応じて次々と追加され、そのことが破綻を来すことなく物語世界を広げる働きをしていることを指摘する。また朱雀朝の後宮が、桐壺朝とどう関連しているか、賢木巻と若菜巻を対応させることによって何が見えてくるかを明らかにする。この物語の長編化の論理を剔抉したもので、決して多弁ではなく抑制のきいた文体であるが、本書中の白眉とも言って良い論考である。

第Ⅱ部では、第五章「光源氏の秘事」が特に注目される。物語における光源氏像の変化を従来のよ

うに「相対化」とか「凋落」と捉えるのではなく、「苦悩」が「負荷され」ることにより「光源氏の造型の内面的な深まり」が物語を深化させていると説く。たとえ「ぶざまな老いの妄執に生きるとしても」「苦悩のうちに生き続けることで、光源氏は物語の主人公であり続ける」と断じる。それは死や出家で物語の舞台を去る柏木や女三宮とは対照的である。評者はかつて柏木について「自らの生と引き替えに、人々のなかに甘美な記憶を刻印し（中略）このドラマの幕を引いた」それは「さかさまに行かぬ年月よ。老いはえのがれぬわざなり、という光源氏の言葉から逃れる唯一の方法」であると述べた。それは、三島由紀夫がジェームス・ディーンを評して「迅速な死がなければ確実に忽ちにして色褪せる筈のもの」「残酷に経過する時間の本質」（「夭折の資格に生きた男　―ジェームス・ディーン現象」『決定版全集』第二九巻収載）などと記したことと通底する。本書の著者は「物語の舞台から消えて行く人々をよそに、人々の苦悩を自らの一身に引き受けてなお俗世に彷徨う光源氏に、新たな物語の主人公の姿を発見した」と述べる。それは、浅薄な夭折賛美を軽々と乗り越え、物語の本質に迫る発言であると言えよう。

第Ⅳ部からは、第十四章「「飽かず」の力」を取り上げたい。言うまでもなく鈴木裕子の名論文「〈あき〉〈あかず〉考　―万葉から古今へ―」（『古今和歌集表現論』所収）を踏まえたものである。優れた論文は、一個の完結した論文として卓越しているのは当然であるが、その論文が呼び水となって、また別種の優れた論文を後続させるものである。研究に従事しているものにとって、優れた先行研究を吸収し、新たな展開を示すことほど楽しい瞬間はない。それは、第三者として、後続の研究者として、研究史の展開を見るものにとっても同様の幸福をもたらす。本章は、鈴木論文と山口明穂の語彙史的考察を受け止めた上で、「飽かず」という語彙が、どのような形で『源氏物語』を展開させる動因となっているかを見事に析出する。この言葉が、時系列に沿って物語の第二部まで源氏、夕霧世代、光源氏と往還しながら物語を推し進めて行き、第三部の薫・匂宮の物語へと流れ込んでゆく状況を明らかにした点は、物語の動的把握の到達点として評価できよう。

第Ⅴ部「物語の構築方法」は、「歌」や「言葉」という制限を外して、幅広く物語の方法を論じたもの。一見、特定の切り口では漏れてしまったものを拾遺する、補遺的な論考と見られがちであるが、予想を覆す論旨の豊かな広がりに圧倒される。たとえば、第十九章「慣用表現の利用」などがその典型である。ここでは「子を思ふ闇」「李夫人」「蛭の子」「白虹日を貫く」など周知の表現を取り上げるのだが、その一つ一つが物語の豊かな読みへとつながっているのである。「遊離魂、魂結び、蛍」「女の身の上、無常観、仏教」の節などはとくに著しく、出典探索の論考に見られる索漠とした展開とは全く無縁で、暖かい血の通った論旨となっている。手練れの源氏読みとなるには、経験年数ではなく、天分と物語への愛情とによるものだと実感させられる。

第Ⅲ部を最後に持ってきたのには理由がある。ここでは、第十二章「『古今六帖』による規範化」を取り上げたかったからである。本書の最大の特徴は、すべてが『源氏物語』の誠実なそして精緻な読みに収斂していくという点にある。主題的な読み方はもちろん、方法論に意識的な論考も、和歌の機能も、語彙への興味も、創作方法論への傾斜も、すべてがその彼方に、『源氏物語』の豊かな読みを見据えているという大きな特色が見られる。それが本書を、凡百の研究書と隔絶させている最大の魅力であるのだが、文学研究であれ、自然科学研究であれ、政治思想であれ、国家体制であれ、絶対的立場というものは存在しない。確立された制度は、旧制度への異議申し立てであると同時に、後続する別の制度から乗り越えられる存在である。旧制度への異議申し立てはむしろ簡単である。重要なのは現在の立場もまた相対的であるという認識の獲得である。旧制度の弊害を超克した制度ほど、現在の立場を絶対視してしまう陥穽に陥る。それが研究会や学会の体制であれ、国家体制や社会思想であれ、研究の方法であれ。当該論は、発表年次としては古い時期に属するものであるが、この論考が本書に収載されていることの意味はきわめて重要である。『古今六帖』における規範化が『源氏物語』の作品とどう関わっているかに敢えて限定しないのである。ここではむしろ『古今六帖』の表現史の中に『源氏物語』も『枕草子』も溶解していくのである。『源氏物語』は優れた作品であるが、時としてその作品すら相対化する視点を一方に持ち続ける。こうした論文を含んでいることが、本書を一層の高みに引き上げていることは間違いない。

本書は第Ⅰ部第Ⅱ部の総論と、第Ⅲ部以下の各論が調和した、類を見ない優れた論文集である。前半と後半を、志の高さと、卓越した技術と言い換えることもできよう。いわばフィロソファーとマイスターが同居しているような著述である。哲学者の深遠な思考と、巧みな捌き方を魅せる職人の技術の両方を学ぶことができる。従って、これから文学研究に向かう若い研究者にこそ読んでほしいものであるが、それについては、二種類の読み方を勧めたい。

第Ⅰ部、第Ⅱ部からは、志の高さを学んでほしい。物語を研究する、作品を研究する、文学を研究すると言うことは、研究主体が自らを声高に語ることではない。物語に、作品に、文学に歩み寄ることである。もちろんある種の文学は巨大な吸引力を持っているものであるから、自分自身を確立しなければ、相対峙することはできない。潤沢な知識、豊富な読書量、鋭利な思考力を積み上げた上で、それらを最初から武器にするのではなく、一旦脇に置き、作品自体に内在する様々な語りかけに耳を傾けようとすること。それを志の高さと呼びたい。若い研究者たちが、一朝一夕にこの著者の高みに達するのは難しいかもしれないが、彼方の目標として持ってほしいものである。第Ⅲ部、第Ⅳ部、第Ⅴ部からは、方法論と展開過程を貪欲に盗んでほしい。人文科学に限らずすべての研究は、具体的な小さな入口を突破口にして、大きな問題へと広げることを希求するものである。一つの言葉から、和歌から、慣用表現から、作中人物から、入口はどれほど小さくても構わない。奥行きの広がる可能性を持つ入口を見つけること、そうすれば全面的に展開することはむしろ容易である。その入口を見極める力、嗅ぎ分ける力もまたこの本から学んでほしいものである。

（岩波書店、二〇一七年七月、A5判、四四八頁）

二　河添房江著『源氏物語越境論　唐物表象と物語享受の諸相』

源氏千年紀から十年の節目の年にふさわしく、千年の享受の歴史を持つ『源氏物語』という巨大な作品に、現代の斬新な視点からアプローチする、卓越した研究書が刊行された。サブタイトルの「唐物表象と物語享受の諸相」から明らかなように、著者の近年の主たる研究対象である、『源氏物語』を東アジア文化の中で捉える視点と、『源氏物語』の享受の多様性と層の厚さの分析である。それらは、本書の二部構成、「第Ⅰ部　東アジア世界のなかの平安物語」と「第Ⅱ部　『源氏物語』のメディア変奏」とにそれぞれ対応している。といっても、この二つはそれぞれ孤立して存在するのではなく、「異文化接触とメディア変奏」という「二つの越境」という視点を構築することによって『源氏物語』という作品の本質に迫ろうという問題意識でつながれており、それが本書のメインタイトル「源氏物語越境論」という名称として固定化されている。以下、具体的に見ていく。

「第Ⅰ部　東アジア世界のなかの平安物語」は、「第一編　威信財としての唐物」「第二編　『源氏物語』の和漢意識」「第三編　異国憧憬の変容」の三部構成からなる。個々の論文の卓越性は当然のこととしても、この三編の構造美は、一つの唐物の美術品を見せられているようである。第一編では『竹取物語』『うつほ物語』『枕草子』等々の平安時代の様々な文学作品から、異国意識や唐物受容の実態を例示する。巨視的な視点からこの時代の異文化意識というものを明らかにする。こうした幅広い視点の確保があればこそ、本書の中核でもある第二編の「『源氏物語』の和漢意識」の諸論稿が圧倒的な説得力を持ってくる。第三編では、平安後期物語や『栄花物語』『平家物語』など後代への視点を措定する。第一編と第二編が空間的広がりであれば、第二編と第三編は時間的広がりの保証である。さて、中核の第二編について述べる。ここでは特に「第三章　梅枝巻の天皇　―嵯峨朝・仁明朝と対外関係―」「第四章　和漢並立から和漢融和へ　―文化的指導者としての光源氏―」の二論考が注目される。前者では、嵯峨天皇という巨大な文化人とその時代に正面から切り込むさまも読み応えがあるが、日本史や日本漢文学の分野で近時注目されている仁明朝、特に承和という時代を、深く掘り下げて位置づけた部分が特にすばらしい。今後参観され続ける論文となろう。後者は、本編全体及び第一編の成果を受け、さらには第三編への展開も内包させた論。一見読みやすい論文であるが、繰り返し味わうに足る、奥の深い文章である。本書を繙く読者が最初に読むべき明快な見通しを持った論文であると同時に、最後に読み返してみると、平易に見えた行文の背後にある深い洞察に気づかされるものである。それにしても、文化といい、政治といい、光源氏という人物が、並立や対立をいかに止揚したか、改めて考えさせられる問題である。

第Ⅱ部「『源氏物語』のメディア変奏」のうち、第一編「源氏絵の図像学」、第二編「源氏能への転位」は最新の絵巻絵画研究・能楽研究と切り結び、隣接分野に越境していく過程は著者の独擅場である。紙幅の関係から第三編「近現代における受容と創造」のみ取り上げる。『源氏物語』の英訳におけるアーサー・ウェイリーからサイデンステッカーへ、『源氏物語』の近代日本語訳における与謝野晶子から谷崎潤一郎へ、与謝野晶子における『新訳源氏物語』から『新新訳源氏物語』へ、論じられているそれぞれは、一見別個の現象のようであるが、これは不断に越境や変奏を続ける『源氏物語』という作品そのものの秘密を見事に解き明かしているのである。そうした書物であればこそ、専門の国文学研究書という枠を越境する可能性をも秘めている。『唐物の文化史』（岩波新書）などで著者の論旨に魅せられた一般読者にも、専門書という概念を越境して是非繙いて頂きたいものである。

三　神野藤昭夫著『よみがえる与謝野晶子の源氏物語』

（岩波書店、二〇一八年十二月、Ａ５判、四四八頁）

人文・社会・自然科学の分野を問わず、研究の細分化が進んだ二十一世紀の今日、特定の一つの分野で優れた業績を残すだけでも至難の業であるが、時に、複数の分野にわたり卓越した成果を、それも遠く隔たった分野を股にかけて成し遂げる例がある。本書の著者による〈与謝野晶子の源氏物語〉研究である。『大鏡』師輔伝に喩えれば、東大宮大路の源氏物語研究と、西大宮大路の与謝野晶子研究に足を置き、内裏ならぬ与謝野晶子の源氏研究を腕に抱えて見せたのが、本書『よみがえる与謝野晶子の源氏物語』である。まずは、全体の骨格を示しておこう。

序章　晶子の『源氏物語』翻訳をめぐる旅の始まり
第一章　幻の『源氏物語講義』の復原
第二章　晶子の〈源氏力〉をつちかったもの
第三章　読者の心を鷲摑みにした『新訳源氏物語』とパリ体験
第四章　畢生の訳業『新新訳源氏物語』はどのように生まれ流布したか
終章　旅の終わりに

これに、年表、図版一覧、本書関連著作一覧、索引が付せられる。詳細な年表は有益であるし、著作一覧は本書を手がかりに著者の仕事を更に参看できる道標であるが、なんといっても注目されるのは、

図版一覧にさりげなく記されている「とくに明記のないものは、紫草書屋架蔵、著者じしんの撮影によるものである」という文章と、著者所蔵資料の豊富さである。先に、内裏を抱く師輔に喩えて、著者が古典文学・近代文学の両方に通じていることを述べたが、本書が成るに当たっては、著者のもう一つの側面、愛書家・蔵書家であることも見逃してはならない。すぐれた研究者必ずしも愛書家ならず、公的予算の範囲内の仕事で事足れりとする研究者も多い中で、身銭を切って現地に足を運び、資料を博捜し、書物を蒐集し、得られた知見や資料や書物は広く公開する、真の意味での愛書家である。著者は、この側面を加えた、言わば三事兼帯の人、現代に甦った大江匡房のような人物である。

さて、本書の内容を順に追ってみよう。

第一章は、「幻の『源氏物語講義』」について究明したものである。与謝野晶子には、明治四十五年刊行開始の『新訳源氏物語』と、昭和十三年刊行開始の『新新訳源氏物語』があり、これ以外に、大正十二年の関東大震災で焼失した、その意味で、幻となった、『源氏物語』があったと言われてきた。明治四十五年、大正十二年、昭和十三年と時系列で考えるならば、この〈幻の『源氏物語』〉は、『新訳源氏物語』の後ろに来るものであり、「自由訳」（晶子自身の言葉）であった『新訳源氏物語』の改訂増補のようなものを意図したと理解されてきた。本章の冒頭に引用される与謝野家の人々、晶子の長男の光、二男の秀の発言、本章末尾に掲出される島本久恵の言説などが、そうした推測を支えていた。著者は、この問題に正面から取り組み、生涯に亘って与謝野晶子の後援者、盟友であった小林天眠との交友から、正確な結論を導き出す。

重要な点は二点ある。まず第一に、関東大震災で焼失した原稿は、『新訳源氏物語』の刊行以前、明治四十二年末には着手していたものであり、『新訳源氏物語』の改稿を意図したものではないこと。もう一つは、『新訳源氏物語』『新新訳源氏物語』のような現代語訳ではなく、「源氏講義」と呼ぶべき内容のものであること、本章の章題はこれを受けてのことである。こうした結論を導き出すために、植田安也子・逸見久美編『天眠文庫蔵与謝野寛　晶子書簡集』（八木書店、昭和五十八年）を実に詳細に読み解いて行く。回想録・回想記の類は全体を把握するために便利であるが、時期を隔てて書かれるため、記憶の誤りや上書きによる事実誤認が生じる可能性がある。書簡はその時点の事実や心情を、言わば冷凍保存しているものだからその危険性はない。そのかわり回想録の分かりやすさはなく、また書簡の書かれた翌日以降に状況が変われば、意図せずして間違ったことを書き残すことにもなる。こうしたことにも留意しながら、一歩一歩核心に迫っていく手腕は流石である。この作者の執念は、偶然にも僅かに一枚この世に残った残欠原稿に辿り着き、その原稿を詳細に分析し、与謝野晶子がこの世に送り出そうとした「幻の『源氏物語講義』」を素描してみせるのである。

第二章の「晶子の〈源氏力〉をつちかったもの」は、『新訳源氏物語』『新新訳源氏物語』そして『源氏物語講義』の背景にある〈源氏力〉、著者の言葉を借りれば「源氏オタク」としての与謝野晶子を究明したもの。晶子はどの板本によって『源氏物語』に親しみ始めたか、初期の歌に見る『源氏物語』の影響の例示などに始まって、後年『源氏物語』を訳出・講義するに際して使用した資料は何かなどについて考察する。敢えて言えば、愚直な研究者でも時間と手間を惜しまなければ、ここまでなら一定の成果を上げることができよう（もちろん著者の域にまでは遠く及ばないではあろうが）。しかし、著者はそれに満足せず、更に一歩進めて、明治三十年代後半以降、新詩社や晶子や寛を取り巻く状況を重ね合わせて、『源氏物語講義』などが生まれてくる背景を見事にえぐり出してくるのである。特に北原白秋、木下杢太郎、吉井勇ら五足の靴の中核メンバーが新詩社を連袂脱退した影響は大きく、経済的窮状打破のためにも、寛や晶子の和歌文学や『源氏物語』の講演・講義があったことを明らかにする。

第三章は『新訳源氏物語』を論じたもの、『新新訳源氏物語』を取り上げた第四章と共に、本書の本丸である。

『新訳源氏物語』は『源氏物語』の享受史において一際高く聳え立つ巨峰である。そうした存在であるから、これまでも気鋭の研究者が挑戦を試みたが、猶残された謎も多い。というのは、『新訳源氏物語』には、さまざまな問題が内包されているからである。巻が進むにつれて顕著になる訳出姿勢の変化、原典の和歌に対する取り扱い方が一律でないこと、一旦完成した後改稿をすることによって本文の異なる版があること、好評裡に迎えられたために多種多様な異装版が後続すること、等々である。このうち、内容の変化に関しては、本文を厳密に吟味してデータを積み上げ、本文と訳文の比率の変化を究明し、原典和歌の訳出方法が数種類の類型に分かれることなどを析出する。実証主義を持ち味とする著者らしい見事な結論である。

異版による訳出本文の異同や、森鷗外・上田敏の序文の位置の変化の問題を解明し、装丁や判型や出版社を変えて刊行を続けた『新訳源氏物語』の全体像を把握した点にこそ、蒐書家としての著者の凄みが窺えるところである。中澤弘光の木版画でも有名な、金尾文淵堂版の『新訳源氏物語』だけでも、初版、四版、七版など六部を手もとに置いているという。著者の言を借りれば「ビジュアルな工芸的「作品」として出現した」「書物史のうえでも画期的な本」なのである。神保町の古書店では、木版画だけ切り取ってケースに入れて店頭に並べられていたほどである。古書価を云々するのは実に品の悪いことではあるが、初版の美本の四冊セットなら五十万円程度、保存の悪いものでも十万円程度か。愛読された書物であるから、時代シミのない極美のものならどこまで値段が上がろうかというものである。値段は別にしても、源氏研究者、与謝野晶子研究者、一般の書物愛好者の誰もが一揃いは手もとに置いておきたいと思う豪華本を、多くの蒐集家と競い合って六部も集めるのは至難の業である。それだけの熱意、与謝野源氏への愛情の発露と言うべきであろう。

第四章でも、非凡閣の『現代語訳国文学全集』や谷崎潤一郎の訳業をも視野に収めた幅広い視点で悠然と筆が進められる。金尾文淵堂主人との関係などを含めて、最晩年の与謝野晶子の人生と絡ませながら『新新訳源氏物語』の誕生の背景が一つ一つ究明される。新資料では、鞍馬寺や堺市博物館の自筆原稿について詳細に分析する。『新新訳』依拠テキストとしては金子元臣の『定本源氏物語新解』が使われた可能性が大であるとする。すべてが貴重な報告であるが、著者の追求はこれらに満足することなく、晶子没後、戦後『新新訳源氏物語』がどのように変化していったかにまで探求の旅を続けていくのである。

このように本書は、全冊与謝野源氏への愛情によって貫かれている。それがもっとも明瞭に発揮されているのが、第三章の与謝野晶子の「パリ体験」をめぐるくだりである。『新訳源氏物語』の訳業半ばにしてパリに渡った与謝野晶子を追うように、著者自身も渡欧して、晶子の足跡を一つ一つ辿り、その心情に寄り添おうとする。本書の白眉中の白眉である。紫式部の『源氏物語』は大河小説にも喩えられ、与謝野晶子の生涯は沃野を悠然と流れる大河のようなもの。言わば二人のアンネット・リヴィエールが本書の著者をパリに導いたのである。私達も著者に導かれ、与謝野源氏への旅に出ようではないか。

それにしても、与謝野晶子研究の第一人者逸見久美氏はもちろんのこと、与謝野源氏の研究に絞っても、二十年以上前に市川千尋『与謝野晶子と源氏物語』（国研出版、一九九八年）という好著があり、今回、圧倒的なスケールの本書が生み出される。稲門の伝統の力を改めて嚙みしめながら蕪雑な紹介を終える。

（花鳥社、二〇二一年七月、Ａ５判　四六二頁）

初出一覧

第一編　論考編

第一章　『源氏物語』の内なる平安文学史
『国語と国文学』九八巻五号、二〇二一年五月（特集　平安朝文学史の再構築）

第二章　歌舞伎から『源氏物語』を考える　―長編性と短編性―
久保朝孝編『危機下の中古文学　二〇二〇』武蔵野書院、二〇二一年三月

第三章　光源氏と若紫の出会いをどう教えるか
『群馬県立女子大学国文学研究』三一号、二〇一一年三月

第四章　紫式部学会と雑誌『むらさき』
今井久代・中野貴文・和田博文編『女学生とジェンダー　女性教養誌『むらさき』を鏡として』笠間書院、二〇一九年三月

第五章　戦後の与謝野源氏と谷崎源氏　―出版文化史の観点から―
『文学・語学』二一九号、二〇一七年六月

第二編　逍遙編

第一章　桐壺巻冒頭はどう読まれたか　―定子後宮への違和―

『むらさき』第五七輯、二〇二〇年十二月

第二章　花散里は「おいらか」な女か　―『源氏物語』の女性表象―

福岡女子大学文学研究会『文学における女性表象』二〇〇四年三月

原題は「源氏物語』の花散里の女性表象　―花散里は「おいらか」な女か―」

第三章　玉鬘の人生と暴力　―『源氏物語』の淑女と髯―

福岡女子大学文学研究会『文学における女性と暴力』二〇〇六年三月

原題は「『源氏物語』玉鬘の人生と暴力　―あるいは淑女と髯―」

第四章　谷崎源氏逍遙

『胡蝶掌本』一五九、二〇〇八年十二月『谷崎源氏逍遙（一）』。『胡蝶掌本』一七三、二〇〇九年十月『谷崎源氏逍遙（二）』。『胡蝶掌本』一九四、二〇一〇年十月『谷崎源氏逍遙（三）』

第五章　研究の新しい風

以下の三編の書評を吸収する。猶、『よみがえる与謝野晶子の源氏物語』に関しては『日本文学』（日本文学協会）七二巻三号、二〇二三年三月にも、別の視点から書評を書いている。

『国語と国文学』九六巻二号、二〇一九年二月「書評　高木和子著『源氏物語再考　長編化の方法と物語の深化』」

『週刊読書人』第三二八五号、二〇一九年四月十二日「書評　河添房江著『源氏物語越境論　唐物表象と物語享受の諸相』」

『国文学研究』（早稲田大学国文学会）一九九集、二〇二三年十一月「書評　神野藤昭夫著『よみがえる与謝野晶子の源氏物語』」

猶、『胡蝶掌本』は、『胡蝶豆本』『胡蝶叢書』等を刊行していた石橋一哉の胡蝶の会が刊行主体である袖珍本。通常の豆本よりやや大きい縦九センチ、横九・三センチで、フロッピーディスクケースに入る大きさである。限定一五部から三五部の、一種の会員制の叢書ながら、石橋一哉をはじめ、大貫伸樹、古平隆、清水一嘉、佐藤快和、白川充、武川龍雄、田中栞、中村利夫、長谷川卓也、向井透史等々の愛書家、名文家がずらりと顔を並べる。一九九七年～二〇一四年に本冊二六四冊（他に別冊あり）を刊行した。

あとがき

二〇一八年三月定年退職で大学を離れ（正確にはその後非常勤として三年間通ったが）、研究室という空間と、雇用してくれていた所属先がなくなってからも、のんびりしたペースで勉強を続けてはいるが、研究書を刊行する気持ちなどなかった。定年にあわせて刊行した四冊目の論文集『源氏物語論考　古筆・古注・表記』で打ち止めのつもりであった。

ところが、意外なことで翻意せざるを得ない状況が生じた。定年後、歌舞伎の筋書の歌を集成したり、歌舞伎と源氏物語の関係について言及した文章が活字化されたため、古代文学研究者以外の方から、それらの文章はどうしたら入手できるのかという問合せを受けるようになったのである。ありがたいことだから、その都度コピーをしてお送りしていたのであるが、あまり馴染みのない共同論文集などに書きっぱなしというのも著者として無責任であろうと思うようになったのである。加えて慶應義塾大学の同僚で、私より二年前に定年を迎えられた松村友視氏が『鏡花文学の流域』（インスクリプト、二〇二三年）、二年後に定年となった佐藤道生氏が『日本人の読書　古代・中世の学問を探る』（勉誠社、二〇二三年）という圧倒されるような名著を刊行され、旺盛な研究活動を継続しているのに刺激されたのである。

そうした事情によるもので、今回もあまり自主的ではないが、本書の刊行を思い立ったのである。刊行後に学位申請を勧められることになった第一論文集と、現役時代の最後の論文集を出版して頂いた和泉書院から、再び新しい歩みを始めるきっかけの本を刊行できるのは、特に嬉しいものがある。雑誌『サライ』などで紹介して貰ったなつかしい『文学全集の黄金時代　河出書房の一九六〇年代』と同じ、IZUMI　BOOKSの中に加えて貰えるのもまた喜びである。

最後に、廣橋研三社長をはじめ、表記の統一など様々な形で伴走して下さった和泉書院の皆さんに心より御礼申し上げます。

二〇二四年十一月三日

田坂　憲二

著者略歴

田坂憲二（たさか けんじ）

1952年福岡県生まれ。九州大学大学院修了。博士（文学）。
福岡女子大学、群馬県立女子大学、慶應義塾大学教授を歴任。
2018年定年退職。

主要著書
『源氏物語論考　古筆・古注・表記』『大学図書館の挑戦』（以上和泉書院）、『源氏物語の政治と人間』『日本文学全集の時代』（以上慶應義塾大学出版会）、『源氏物語享受史論考』（風間書房）、『名書旧蹟』（日本古書通信社）
現在『日本古書通信』に「吉井勇の読書生活」を連載中。

源氏物語散策
―文学史・歌舞伎・人物・谷崎源氏―　　IZUMI BOOKS 22

2025年2月10日　初版第一刷発行

著　者　田坂憲二
発行者　廣橋研三
発行所　和泉書院

〒543-0037　大阪市天王寺区上之宮町7-6
電話 06-6771-1467／振替 00970-8-15043
印刷／製本　亜細亜印刷
ISBN978-4-7576-1112-2　C1395　　定価はカバーに表示